毒舌の作法

あなたの“武器”となる
話し方&書き方、教えます

吉川 潮

ワニブックス
|PLUS|新書

まえがき

一般に毒舌というと、どんなイメージを持たれているのだろうか。「悪口」、「批判」、「皮肉」、「辛辣な言葉」、といったところか。しかし、私はこう思っている。

物事の本質を突き、人の本性を見透かし、「寸鉄人を刺す」がごとくズバリ断言するのが真の毒舌ではないかと。

「辛口評論家」とか「毒舌家」と言われる私だが、演芸評論家の頃はそうではなかった。有望な若手芸人やマイナーなジャンルの演芸に対して愛情を持って書いていた。つまらない芸人、演芸は無視すればいいので、あえて「つまらない」と書くことはない。芸人に対して毒舌をふるった憶えもない。

初めて辛口エッセイを書いたのは文藝春秋の月刊誌『オール讀物』の連載エッセイ「いぬも歩けば」（１９８８年12月号開始）である。どんなテーマでも好きに書いていいと言われたので、これまでにない思いっ切り毒のある原稿を書いた。初回のタイトルは

「くたばれジュニア天国」。二世タレント、二世政治家をぶった斬った。30年近く経った今でも通用する内容だ。この連載は3年続いた。

続いて『週刊文春』の特集「天下の〝暴論〟」で、〈原発で「高騰地価」を吹っ飛ばせ〉というタイトルのエッセイを書いた。特定の人物に毒舌をふるったのは、これも『週刊文春』の特集「こいつだけは許せない」で、初回は1991年5月。当時、出版社の社長で映画プロデューサーだった角川春樹を取り上げた。

個人に対して毒舌をふるう場合の作法を決めたのはその時だ。まず、有名人に限る。それも権力を持っている人物、マスコミで人気のある者をターゲットにすることにした。

下品で口汚い悪口雑言は罵倒であって毒舌ではない。そこで、下品にならないよう、ちょっとした言い回しにも気を遣い、納得いくまで何度も書き直した。普通のエッセイより手間をかけたつもりでいる。

毒舌をふるうと必然的に敵をつくる。有名人を斬れば、その家族、友人、関係者に恨みを買う。芸能人やスポーツ選手ならファン、政治家なら支持者の反論・中傷もある。それを受け入れる覚悟を決めた。世の中には、人の悪口は言うくせに自分の悪口を言われるとことさら腹を立てる者がいる。そんなことでは辛口エッセイを書く資格がない。嫌われても批判されても動じない強い心を持つ。そう決めた。早い話が、腹をくくった。さらに、「毒舌も芸のうち」だから、笑いを入れるようにした。読者が笑えて、できれば書かれた当人までもが、つい笑ってしまうのが理想である。まあ、大抵当人は不快に感じるだろうが。

他人を批判するのに無署名で書いたことは一度もない。匿名で書くのは卑怯だと思っている。毒舌をふるいたければ「名を名乗れ」と言いたい。戦国時代の侍は戦場において、「我こそは何の何某」と名乗りを上げた。戦い挑むなら実名を明かすべきだ。近年、インターネット上で匿名による誹謗中傷が日常化している。「炎上」などという用語を聞くにつけて不愉快になる。私はパソコンを持たないので、ネット上でハンドルネームを使ったり匿名で書き込みをしたことがない。スマートフォンは持っているが、フェイスブック、ツイッターの類はやらないから、ネット上に自分の悪口を書かれたとしても、まず見ることはない。「知らぬが仏」、「見ぬ物清し」なので、この本に関してネット上で批判しても無駄です。批判があるなら差出人の姓名を書いて編集部に手紙を出すことだ。

本書にはこれまでに書いた辛口エッセイを50本近く所収してあるので、「我が毒舌の集大成」といえる。さらに、それらを書いた際の意図と覚悟を記したので、読み進むうちに、毒舌にも作法があることがわかってもらえると思う。作法を心得れば毒舌は、あなたの武器となる。

また、「毒舌用語」とでもいうか、私が毒舌をふるう際によく使う単語、形容詞、フレーズを記した。加えて、故・立川談志師匠など、私が敬愛する毒舌家の発言も掲載し、特にお勧めのものは太字にした。もし、あなたが毒舌をふるいたいと思ったら、それらを参考にしてください。

もくじ

第3章　毒舌をふるえば反論、脅迫もある。それを受け入れること……65

〈編集部注〉本書に引用した新聞・雑誌記事は、ほぼ原文通りに転載していますが、著者の監修の下で、誤記や表記についての修正を一部に加えています。

第1章

毒舌をふるうなら、偉い奴を相手に喧嘩を売れ

リスクを負わねば毒舌はふるえない

毒舌をふるうターゲットは強者に限る。政財界に君臨する権力者。芸能界、スポーツ界なら人気がある者に的を絞る。弱者に毒舌をふるうのは単なる弱い者いじめで、絶対にしてはいけない卑劣な行為である。

上司が部下に、飲食店、商店の経営者が使用人に、クライアントが出入り業者に、先生が生徒に、先輩が後輩に対して毒舌をふるうのは質(たち)の良くないパワーハラスメントに過ぎない。

毒舌というのは下から唾を吐きかけるような行為だと思う。上から下へ唾を吐けば自分にかかることはないが、上に向かって唾を吐いたら、ヘタすると自分にかかってしまう。同じようなリスクが伴うものと心得ていただきたい。

『週刊文春』が「こいつだけは許せない！」という特集を始めたのは1991年のことだ。先に同誌の特集「天下の〝暴論〟」に寄せたエッセイが好評だったので、当時の編集長、花田紀凱(はなだかずよし)さんから執筆を依頼された。「誰をやっつけましょうか」という花田さんの問いに、私は角川春樹の名を挙げた。角川書店の社長で、その頃飛ぶ鳥を落とす勢いであった角川映画のプロデューサーである。マスコミは彼のカリスマ性をしきりに持ち上げていたが、私はプロデュース作品を評価していなかったし、角川春樹という人物が**傲岸不遜**に思われ嫌いだった。すると花田さんに言われた。

「それは面白いのですけど、書いたら角川書店から絶対原稿依頼はきませんよ。本当にいいんですか?」

確かに作家が出版社の社長に喧嘩を売ったらそうなるだろう。心配してくださるのはありがたかったが、そのくらいのリスクを負わねば毒舌はふるえない。「かまいません。書かせてください」と返答した。

人の悪口を書くには、やっつけ仕事であってはならない。何度も推敲し、手間暇かけて書いたのが次の文章である。

角川春樹四つの大罪

週刊文春／1991年5月2・9日合併号

角川春樹には許せないことが四つもある。

まず、人相が許せない。どんなことをすればあのような邪悪な人相になれるのだろう。二代目の不遜面（ふそんづら）というのは、小沢一郎を筆頭とする政治家の特徴だし、実業家でも西武の堤義明、松竹の奥山和由など社長の息子に多いのだが、あれほど他人を不愉快にさせる人相というのも珍しい。少なくとも、文化事業に携わる大手出版社社長の人相ではない。

映画の製作発表記者会見の際、顔におできができたとかで般若（はんにゃ）の面をかぶって出てきたことがあるが、般若のほうが可愛らしく見えたくらいだ。まともな美意識がある者なら、あの人相を人前にさらすようなことはしない。それが映画の宣伝とはいえ、テレビに出たがるのだから理解に苦しむ。

次に許せないのが角川映画。製作委員会なる関連企業と出資企業グループに大量の前売り券を引き受けさせる押し付け商法、金の力で放送媒体を使って宣伝しまくる作戦は悪しき前例となり、フジテレビや金余りの企業が真似をして、日本映画のレベルダウンを招いた。

椎名桜子や桑田佳祐らド素人が道楽で映画を撮るようになったのも、もとはと言えば角川自身が監督をするようになってからである。素人の映画は旦那芸、つまり落語の『寝床』のようなものだから、入場料をタダにして弁当とお土産を付けるべきだ。角川映画なら、文庫本でも土産に付けろと言いたい。

去年の『天と地と』は角川監督の作品だからひどくても仕方ないが、今年の『天河伝説殺人事件』は市川崑監督なのにひどかった。私は宣伝のチラシでキャスティングを見ただけで、犯人が岸恵子だと見当がついた。岸は以前にも角川映画の金田一耕助シリーズで犯人役をやってるし、他に犯人をやるような俳優が見当たらなかったからだ。

前売り券を押し付けられて困っていた友達から千円で買って映画を見たら、殺人事件が起こる前に岸恵子が犯人だとわかってしまった。同じ浅見光彦シリーズなら、水谷豊が探偵役をやっているテレビのほうがずっと面白い。テレビよりつまらない映画作るな！

次回の角川映画はなんと『ノストラダムスの大予言』だと。最近、大川隆法で儲けてるから、神がかりの角川としては絶対当たるとひらめいたのだろうが、私は絶対つまらない作品になると予言する。

三つ目に許せないのは出版物である。

私は依頼されればたいていの小説雑誌には執筆する。しかし、角川書店発行の野性時代と月刊カドカワだけはお断りしたい。野性時代はあの装丁が気にくわない。最初見た時、電話帳かと思ったほどで、社長の態度がでかいと雑誌まででかくなるのか。持ち歩きづらいし、第一寝転んで読めない。

月刊カドカワは小説雑誌を装った芸能マガジンである。ニューミュージックの歌手やチンピラ女優が片手間に書いた作文といっしょに、プロの作家の作品を掲載するなって。ぽっと出のお笑いタレントとベテランの落語家を同じ寄席の高座に上げるようなことをして失礼だとは思わないのだろうか。

最後に最も許せないのは角川春樹が俳句をやっていることだ。実は私も俳句をかじっているが、メンバーが山藤章二宗匠を始め、高田文夫、高橋春男といったメンバーだから「初雪や一番目立つインド人」を最上の句とする雑俳の類である。

角川のような、「補陀落というまぼろしに酔芙蓉」とか「魔羅神の火種を宿す嫁祝い」といった角川の漢和辞典を引かなきゃわからないような難解な句は詠めない。しかし、俳句とは欲とか業とかを離れた侘び寂びの世界であることはわかっているつもりだ。

少なくとも俳句の心ある者なら、角川書店で設けている俳句の大賞、蛇笏(だこつ)賞を、社長自ら受賞するような厚顔無恥なことは絶対しないはず。

政治家でも中曾根、宇野、藤波と、権力者の俳人は揃って失脚している。権力と俳句は相反するものだ。俳人というのはもっと枯れていなくっちゃ。私は脂ぎった顔の俳人は認めない。

多分、角川は取り巻きの社員や文化人に、「春樹さんの俳句はけっこうですな」

などと持ち上げられていい気になってるのだろう。聞けばその手のおべっか野郎どもは、「春樹さん」と呼んでいるらしい。春樹さん、春樹さんて、貴様らは『君の名は』の真知子か。

『君の名は』と言えば、私の俳句仲間の高橋春男が週刊現代連載の「ボクの細道」で、「春の朝おかずにならない君の菜は」と詠んでいた。「春樹さん角川ならば敵役」というのもあった。春樹より春男の句のほうが罪がなくて好きだ。

そこで私も角川春樹を詠み込んで一句。

「角川の　流れ濁りて春遠き」

最近テレビで流れている大川隆法の本のＣＭに、「まだ気付かないのか」というのがあるが、角川春樹にも、「自分の愚かさにまだ気付かないのか」と言ってやりたい。

2度も叩いた、傲慢なクソ爺に過ぎないナベツネ

以上の文章は、特集のトップ記事として掲載され、読者の絶大なる支持を得た。角川の関係者も読んだようで、その反応が編集者を通して耳に入ってきた。「喜んだ角川の社員がいた」とか、「映画関係者は喝采を送っている」といった話ばかりではない。「〝春樹さん〟と呼んでる側近の○○が、吉川潮に会ったら殴ってやると言ってた」という物騒な話もあった。そんなことで臆する私ではない。もし殴られたらそいつの実名を出して書けばいいだけの話で、側近とやらに会うのを楽しみにしていたが、残念ながら会う機会はなかった。

次のターゲットもお偉いさんで、当時読売新聞社長だった渡邉恒雄（現在読売新聞グループ本社代表取締役主筆）を「こいつだけは許せない」で叩いた。ナベツネはのちに巨人軍のオーナーになり、多くの野球ファンに嫌われた。いま思い出しても腹が立つのは、２００４年のプロ野球再編問題の際、面会を求めた古田敦也選手会会長に対して、

「分をわきまえなきゃいかんよ。たかが選手が」と発言したこと。

スポーツマスコミの中には、ナベツネの失言、暴言を面白がって取り上げるところもあったが、私から見たら人を不快にさせる尊大で傲慢なクソ爺に過ぎない。そんなわけで2度も叩いたのである。

割れナベツネに閉じ蓋

週刊文春／1993年5月6・13日合併号

まったくこうるさい爺さんだ。読売新聞の渡邉恒雄社長、ナベツネのことである。傲慢無礼、傲岸不遜、おまけに暴言癖、とても日本を代表する大新聞社の社長とは思えない。

去年から何度わけのわからないごたくを並べてマスコミを騒がせ、巨人の選手をうんざりさせ、ジャイアンツ・ファンを怒らせたことか。そのうち酔って帰宅したところを記者が待ち構えて談話を取るようになると、リップサービスのつもりか、酒の勢いで好き勝手なことを抜かす始末だ。

開幕近くなると、こんどはフリーエージェント制をドラフト廃止と連動させせよと言い出した。せっかく選手労組の尽力でフリーエージェント制が実現しそうな矢先、ドラフト廃止などと言ったため、まとまるものもまとまらなくなった。

もちろんナベツネはプロ野球の発展などこれっぽっちも考えていない。子会社である巨人軍が強くなり、そのおこぼれで読売新聞の購読者数が増えることしか頭にない。当然他球団から反対の声が上がると、リーグ脱退、新リーグ結成とほざいた。思い起こせば十五年前、江川不正入団事件の際も正力亨オーナーが同じことを言った。「巨人軍は球界の盟主」という思い上がりからくる発言である。

巨人が盟主などと誰が決めたのか。確かに正力松太郎氏は野球界のために尽力した。しかし、大正力亡き後は息子のセコ正力が巨人を情けないチームにしてしまい、長嶋現役引退後、去年までの十八年間で日本一になったのはたった二回。完全に西武に後れを取っている。

　親会社の読売としてはどんな手を使ってでもV９時代のようにしたい。そこでナベツネがドラフト廃止案をむし返したのだ。

　だいたいが、ドラフトがなくなれば有望選手が巨人に入ると思っていることからして間違いである。ドラフトがあったから松井が巨人に入団したので、なかったら阪神に入っていたはずだ。エースの斎藤だって地元埼玉の西武に入っていたろうし、槙原も地元の中日が狙っていた。

　ドラフト制度に欠陥があるのではなく、巨人のドラフト戦略に欠陥があるのに気が付いていない。正力オーナーと同じ慶応出身というだけで上田、大森といった役立たずをドラフト一位で取ったり、清原を無視して疫病神の桑田を取ったのを棚に上げ、ドラフト廃止とはちゃんちゃらおかしい。

　新リーグ結成に至ってはたわ言としか思えない。経営基盤が弱い球団は切り捨て、八球団で一リーグ制にするという考えは実に傲慢で短絡的である。

　西武、ダイエーあたりが尻馬に乗ると言われているが、堤義明や中内功はそれほど愚かではあるまい。結局はナベツネの独りよがりになると思う。

またナベツネが呼び掛けて結集した「燦燦会」という財界の巨人軍応援団も嫌らしい。

好きなチームを応援するというのは、自分の金で入場券を買って球場まで足を運び、贔屓の選手に声援を送ることだ。テレビとラジオにかじり付き戦況に一喜一憂することだ。

一流企業のお偉いさんたちが、旦那気取りで選手を呼び付け相手をさせて何が応援団だ。選手は芸者でもなければコンパニオンでもないっ！

読売グループにはこんな自分勝手な社長を諌める重役がいないのか。暴言でさえ言論の自由、でかい態度は表現の自由とでも言うのか。

心ある読売の記者諸兄はさぞかし苦々しい思いで社長の言動を見ていることだろう。

私は現在フリージャーナリストの黒田清氏や大谷昭宏氏がいたころから大阪読売社会部の大ファンで、単行本になった特集記事はすべて読んでいる。東京本社に期待ができないなら、大阪読売の社会部がナベツネ糾弾のキャンペーンをしてくれないものか。

今ナベツネに必要なのは球団よりも糾弾である。

ナベツネは横綱審議委員会の委員も務めているが、横綱昇進問題を審議するより、まずナベツネが社長として適任かどうか見識ある方たちに審議してもらいたいものだ。

それが駄目なら消費者が直接行動を取るしかない。

すなわち「社長が嫌いだから」という理由で読売新聞の不買運動を起こす。事実私は角川春樹が嫌いなので角川書店の本は買わないし、堤義明が嫌いだからプリンス系のホテルは利用しない。

その伝で、ナベツネが嫌いだから読売新聞を取らないという消費者が増えれば、販売店主、株主たちから退任要求が持ち上がるであろう。

これ以上ナベツネの暴言を許すまじ。割れナベの口に読売新聞を詰めてでも、蓋を閉じさせようではないか！

ナベツネ・氏家コンビ「何とかならんかその目付き」

週刊文春／1996年5月16日号

マスコミとか報道関係と言われる会社の社長には、経営能力だけではなく風格、識見、品位などが求められる。そういう意味では、読売新聞のナベツネこと渡邉恒雄社長と日本テレビの氏家齊一郎社長は、あまりに見識と品位に欠け、風格のかけらさえ感じられない。

「人は見かけによる」というのが私の持論で、男女にかかわらず一定の年齢に達すると本性が顔に表れる。故に私は他人の顔のことをあげつらうのだが、渡邉、氏家両社長は傲慢さ、了見の悪さが顔に表れている。

まず二人とも目が怖い。尋常の目付きではない。拡販戦争、視聴率戦争を指揮している司令官だから目付きが怖くなるのかしらと、ナベ・ウジコンビの経歴を調べてみたら、二人は読売新聞の記者時代からつるんでいたという。その当時、中曾根康弘、佐藤孝行ら悪相の政治家と親しくし過ぎたため、悪相が伝染したのではないだろうか。

それにしたってあの目は怖すぎる。私は一度、我が家にナベツネが読売新聞の勧誘に来て、やくざまがいの態度で凄まれた悪夢を見たことがある。あの時は本当に怖くて、うなされながら寝汗をかいた。

二人に比べると、ＴＢＳの磯崎洋三前社長などは目付きからして弱々しげで、氏家社長に眼（ガン）飛ばされただけでびびりそうだもの。あれじゃ日テレに勝てるわけがない。

私がナベ・ウジコンビを「許せない」と思ったのはＴＢＳのビデオ問題が発覚した時である。ナベツネの「ＴＢＳは人殺し」というコメントがスポーツ新聞の一面に載った。確かにＴＢＳは悪い。しかし、「人殺し」はないだろう。以前、読売新聞と東京佐川急便の土地譲渡疑惑をＴＢＳに報じられたのを根に持った私怨のコメントで、大新聞の社長の談話とはとても思えない。酔った勢いで暴言を吐く悪い癖はいい加減に直したらどうか。

昨年、ビデオ問題をスクープした日本テレビも、鬼の首を取ったようにＴＢＳを叩き、氏家社長は「うちの会社では絶対ありえないこと」とコメントした。フジテレビとテレビ朝日の社長は、テレビ界全体の問題として自戒の談話を発表していたのに、氏家社長だけがＴＢＳを責めた。同業者として武士の情けはないのか。視聴率を上げ、スポットＣＭを高く売ることしか考えていない経営者に武士の情けを求めるのは、政治家に倫理を求めるようなものなのか。

日テレは'95年度の視聴率四冠王を達成し、おまけに、氏家社長が民間放送連盟の会長に就任したこともあって、我が世の春を謳っている。しかし、私は忘れない。一昨年と昨年の大晦日、家族が団欒する夕食後のひと時、視聴率欲しさのあまり、野球拳の番組を延々と垂れ流したのを。

チャンネルを回している合間にちらっと見てしまったが、風俗嬢もどきの女性タレントが下着を脱ぐのをカメラが覗き見るようにして撮る、実に愚劣極まる番組だった。こんなことまでして視聴率を欲しがるさもしい了見にあきれ果てたものだ。

ＴＢＳがオウムの人間に坂本弁護士のビデオを見せたことより、氏家社長が大晦日の夜、家族といっしょに野球拳を見たのかどうかを問題にしたい。まさか紅白歌合戦を見たんじゃないだろうな。日テレの番組審議会がどう評価したのかも知りたい。

また、日テレは毎週日曜、『進め！電波少年』を流している。国内のみならず世界各国で無礼な取材をして顰蹙（ひんしゅく）を買った悪名高い番組だ。そんな局が、「報道の倫理」とか「ジャーナリズムの品性」などと言えた義理か。

氏家社長は民放連会長の就任記者会見で、記者団に「視聴率主義のどこが悪い」と開き直っていたという。ＴＢＳの問題は会社の体質にも原因があるが、テレビの視聴率至上主義こそ元凶なのだ。それを反省のかけらもなく、視聴率四冠王などと浮かれているとそのうち罰が当たるぞと思ってたら、案の定ジャイアンツ戦の視聴率がよくないと聞いた。今シーズンのジャイアンツの試合は見ててつまらないからそれも当然。読売グループから天下りした球団幹部が補強対策に失敗したせいだ。心あるジャイアンツファンは「読売憎んで長嶋憎まず」の精神だから、ジャイアンツが優勝争いをしないと新聞の売り上げや視聴率が落ちるのが心配で口出しするナベツネや氏家社長のことを苦々しく思っている。

私は読売新聞は購読していないが、日本テレビはニュースと野球中継をよく見る。

もっとも、野球中継はアナウンサーの実況と解説者の話があまりに巨人偏向なので、音声は消してＴＢＳラジオを聞く。

日テレの番組の中で一番良質なのは『ドキュメント'96』というドキュメンタリー番組である。しかし、放送時間が日曜日の深夜十二時十五分からと不当な扱いをされている。ＴＢＳが『ＣＢＳドキュメント』を同じ日曜の十二時二十分から放送しているのと同様だ。こういう番組こそ視聴率を考えず、もっとよい時間帯に流すのが公共電波としての社会的役割だと思うが、視聴率至上主義がそれを許さない。

日テレの番組表と視聴率を検証すると、手間のかかるわりには数字が取れないドキュメンタリーとドラマが極端に少なく、制作費が安くて手間のかからないクイズ番組とバラエティ番組、ワイドショーで視聴率を稼いでいる。ドラマで大人向けの作品は制作会社に外注してる『火曜サスペンス劇場』くらいなもので、あとは『透明人間』にしても『竜馬におまかせ！』にしても、ガキ向けのドラマばかり。たまには外注でなく、自局のスタッフで良質なドラマを作ってみろ。長嶋監督も去年言ってたでしょうが、「メーク・ドラマ」って。

人相をあげつらった理由

角川春樹を**「人相が良くない」**と書いたのに続き、ナベツネを**「目付きが悪い」**と書いたことで、「すれ違いざま、ガンを飛ばしたとインネンをつけるチンピラみたいだ」と言われた。確かに、出版社や新聞社の社長から見れば、私などチンピラであったろう。でも、チンピラだからこそ喧嘩を売れる。負け犬の遠吠えではなく、実際に噛みついたのだから、そこを評価してほしかった。

当時から私はよく人相をあげつらった。その理由は次のエッセイを読むとわかる。

男の顔

正論／2013年9月号

よく「人は見かけによらない」と言うが、男の場合、四十過ぎるとそれまでの人生でやってきたことが顔に表れるので、「人は見かけによる」というのが私の持論だ。男の顔は履歴書なのである。

本号が出る頃には参院選の結果が判明しているが、投票所で東京選挙区の立候補者のポスターを眺めたら、「この人はいい顔をしている」と思う人物が一人もいなかった。候補者だけでなく、近年の国会議員の顔は特徴がない。昭和の時代はいい顔の大物議員がたくさんいた。歴代総理にしても、田中角栄、福田赳夫、大平正芳などは人間臭くて味のある顔をしていた。角栄だけは晩年、恨みのこもった悪相になったが憎めなかった。

平成になって二世議員が増殖し始めた頃から変わってきた。初めて政権の座に就いた頃の安倍首相は、〝公家面（くげづら）〟だった。和歌を詠んだり蹴鞠をするのが似合う、のっぺりした顔をしていた。そんな公家さんが明治維新の時みたいに権力を握った。ところが、心身共にひ弱なのですぐ体を壊し政権を放り出した。雌伏の歳月を経て、民主党の自滅により再び権力の座に就いた。するとどんな顔になったか。なんと、公家でなく長州の下級藩士、維新後に成り上がった金満政治家みたいな悪相になってしまったのだ。私はあんな顔をした人物に国の将来を託したいとは思わない。

民主党の議員の顔は違った意味で悪相だ。特に松下政経塾出身の議員は一様に官僚面で、勉強はできるが実行力が伴わない頭でっかちの優等生、とでも言えばいいか。そんな連中が政権の中枢にいたのだから国民に見捨てられるのも至極当然である。

偏見を承知で言うが、女性議員はどの顔見ても不感症に思えてしかたがない。性的な不感症だけでなく、他人の心情、即ち怒り、悲しみ、痛みに鈍感な不感症という意味もある。

財界人の顔も変わった。ふた昔前、一流企業の会長、社長の容貌は風格があった。

それが近年は揃って〝ことなかれ主義〟の権化みたいな小役人風の顔をしている。たとえば東京電力の広瀬社長。ニュース映像で見る限り、風格どころか見識さえ感じられない。もちろん人間味もない。女性政治家同様、被災者の怒りや悲しみを感じ取れない不感症だ。教師が不祥事を起こしたり、生徒がいじめで自殺した学校の校長の顔つきにも似ている。謝罪する時、同じ顔をするから見比べてごらんなさい。「こんな顔の人が社長の間は東電の再生は無理かも」と思う。

ブラック企業の経営者と批判されたにもかかわらず参院選に立候補した渡邉某（編注／渡邉美樹）は欺瞞に満ちた不快な顔だ。若年労働者を酷使しながら教育を語る偽善者が、間違っても当選していないよう強く念じる。候補者として公認したこと自体、自民党の不見識と言える。

政財界人だけでなく、どの世界も魅力のある顔が少なくなってきた。私が馴染んだ芸界にしても、芸人らしい顔の若手がいなくなった。落語家には向かない顔の若手ばかり。テレビに出ているお笑いの連中は芸人の臭いすらしない軽佻浮薄なタレントである。連中の呆け面を見ているとバカが伝染しそうなのでバラエティ番組は見ない。

弁護士、学者、料理人など「文化人」と称される族はテレビに出て有名になると、とたんに悪相になってしまう。もともと傲慢だった人物が画面に映ると本性が表れてしまうとも言える。もし私が弁護士を必要とする事態になったら、テレビに出ている弁護士には絶対依頼しない。バラエティやワイドショーでヘラヘラしている奴など信用できるものではない。

近ごろよくテレビに出ている「なんとかシェフ」というイタリアンレストランのオーナーシェフにしてもそうだ。場末のホストみたいな薄っぺらな顔で、偉そうに料理の能書きを垂れる。こんな奴が作る料理が美味いわけない。頼まれたって食うものか。

私が今年上半期のワースト悪相を選ぶとしたら、文句無しに全日本柔道連盟の上村春樹会長を選ぶ。傲岸不遜、厚顔無恥の悪相だ。どんなことをしたらあんな顔になるのか、当人に聞いてみたい。

「お前は人の顔について言える顔なのか」と言いたい方もいるだろう。私とてけして自慢できる顔ではないが、少なくとも政治家やテレビに出ている連中の顔よりはましだと思っている。

妬み、嫉みを含んだ陰口はご法度である

女性の容姿についてあげつらうのは、毒舌ではなくガキのレベルの悪口雑言である。ただ、男の顔は履歴書なので、あげつらってもかまわないと思った。傲慢そうな顔をした奴は実際に傲慢なのだ。とても頭が良さそうに見えない若い娘と話してみると、意外に頭が良かったりして驚くけれど、バカっぽい男と話してみると、想像を絶するバカであることが多い。**「人は見かけによる」**のは男に限定される。

作家が出版社や新聞社の社長に喧嘩を売っても、その会社から仕事をもらえないだけだが、勤め人が勤務先のお偉いさんや上司に面と向かって毒舌をふるえば配置転換か左

遷、悪くするとクビなどの厳しい処分が課せられる。そこで、宮仕えの読者諸兄には、陰口という手をお勧めする。社内の親しい仲間たちと一杯やりながら、上司を批判する際に毒舌をふるえばいい。本来、陰口は誉められたものではないけれど、ユーモアがあって、その人物の本質を突くような人物評ならば仲間内では受けるはず。ただし、妬み、嫉みを含んだ陰口はご法度である。男の嫉妬はみっともないので慎むのが作法である。

『オール讀物』にエッセイを連載中、よく編集部に読者からのお便りが届いた。葉書に、「我々世代の代表として、これからも大いに毒舌をふるっていただきたい」とあり、最後に「70歳・男性」とあったので笑ってしまった。当時、40代の私が書いた内容が、老人の小言みたいだったので、自分と同世代と思い込んだのだろう。『週刊文春』に初めて顔写真が載ったことで誤解は解けたが、逆に「こんな若造が書いていたのか」とがっかりさせたかもしれない。

その後、週刊誌から辛口コメントを求める電話取材が激増した。現在も時々ある。ありがたいことだが、問題は電話をかけてきた記者が私の談話を上手くまとめる能力があるかどうかだ。長年寄稿している『日刊ゲンダイ』の芸能担当、スポーツ担当の記者は私の談話を上手に使う。しかし、初めて話す編集者は信用できない。肝心な部分を使わず、どうでもいいようなコメントを載せる可能性があるので、ゲラ刷りを送らせ、使われたコメントの部分だけチェックするようにした。

直接会ってコメントを述べることもある。話のわかる編集者なら、こちらも要望に応えるけれど、鈍感な奴だと適当にあしらってしまう。某誌の女性編集者は話に相槌を打ちながら、「そうなんだ」とタメ口をききやがった。間髪入れずに言った。

「僕は君の友だちじゃないんだから、口のきき方に気をつけなさい」

あなたの社内で先輩、上司に対してタメ口をきく作法知らずの社員がいたら、この台詞を使って叱り飛ばしてください。

第2章
うさん臭い人物の本性をいち早く見抜いて暴く

「うさん臭い」は毒舌用語

いつの時代にもマスコミにもてはやされる人物が現われる。俳優、○○評論家、有名人の妻、会社経営者など職業と立場はさまざまだが、見た目が良かったり、風変わりだったり、コメントが面白いことでテレビのワイドショーやバラエティに起用され人気が出る、というパターンだ。しかし、中にはうさん臭い人物もいる。ちなみに、**「うさん臭い」**は私がよく使う毒舌用語である。

25年前の舛添要一がそうだった。新進気鋭の国際政治学者にして東大助教授。テレビ朝日の討論番組『朝まで生テレビ』で舌鋒鋭く持論を展開する姿が視聴者に受けた。東大出ということだけで「立派な人」と思い込む学歴コンプレックスのテレビ局員や視聴者がいかに多いかということだ。

人を学歴で判断しない私は舛添に騙されなかった。一目でうさん臭さを感じ取り、**「こいつの人相は、さんざん人に恨まれることをしてきた男のものだ」**と感じ取った。あとでわかったことだが、事実そういう奴だった。そこで「こいつは許せない！」に書いた。

舛添要一に非ず。舛添不要一だ

週刊文春／１９９２年８月27日号

私が舛添を許せない理由は第一にあの目付き、第二に偉そうなものの言い様である。

以前本誌に「角川春樹は人相が悪い」と書いた際、諸井薫氏に「人様の顔や容姿を悪しざまにあげつらうのはよくない」と怒られたので顔のことはあまり言いたくないのだが、「男の顔は履歴書」「男は四十過ぎたら自分の顔に責任を持て」とも言う。「人は見かけによる」というのが私の持論で、人相が悪いのは当人の心掛けが悪いからと思っている。

特に目は人間性が表われる。やましいことのない人の目は澄んでいるし、悪いことをしている人の目は濁っているものだ。

一度彼に聞いてみたい。いったいどんなことをすればあんな目になるのかと。東大の助教授時代によっぽど醜い内部抗争があったのか、女性に悪さをした報いなのか、それとも有名になって増長したせいか。

『朝まで生テレビ』に出始めたころはまだ新進気鋭の政治学者という雰囲気があった。私が最初に「こいつ、何か勘違いしてるな」と思ったのは、助教授時代に出した『日本人のための幸福論』という著作の表紙を見た時である。

それは革ジャンにジーパン姿でサングラスをかけ葉巻をくわえ、ライフルを持って四輪駆動車に寄りかかっている写真だった。北方謙三ならともかく、あまりに似つかない格好なので大笑いしたのを覚えている。

そのうち舛添は有名になって舞い上がり、畑違いのテレビ番組に出るようになった。これがそもそもの誤りと言えよう。バラエティ番組で軽薄なタレントたちと騒いだり司会をつとめたりするうち、タレントの馬鹿がうつって学者が愚者となった。テレビ慣れしてすれてしまったのである。

今の舛添は国際政治学者というより「お世辞学者」。インテリジェンスのかけらさえ感じさせず、言葉遣いの品のなさ、尊大な態度は三流の代議士のごとし。去年は北海道知事選に出馬寸前までいったが、そのうち自民党公認で国政選挙に出ても不思議はない。

それにあのファッションセンスのなさはパリで生活していたことがあるとはとても思えない。いつも上着の袖丈が長過ぎて、まるで父親の背広を借りた間抜けな中学生みたい。私はあれを見るたびに気になって、ハサミで袖をちょん切ってやりたくなる。

『EXテレビ』に出る時の格好などはまさに道化かチンドン屋。知人の服飾評論家が言っていたが、もしスタイリストが付いているとしたら、悪意であんな服を着せているに違いないって。

タレントなら視聴者に不快感を与えない服装をしなさい。

（中略）

さて、学者がテレビタレントになるとどういうことになるか。いざ学者として討論番組やニュース番組に出た時、以前の精彩を失いまるでつまらなくなってしまう。舛添が受け狙いのコメントを述べようとすると、『笑点』の桂歌丸よりつまらないことしか言えない。そのくせ俺は売れているというぅぬぼれがあるから、ただひたすら居丈高となる。先の参院選の選挙特番でも国会議員を前にして偉そうにごたくを並べていた。わたしゃ思わず画面に向かって、「お前は何様と思っているんだ」と突っ込んだ。

舛添ごときにやり込められている議員たちも情けないが、その程度だから投票率が五〇パーセントに下るのだろう。

テレビ局も能がなくて、政治特番というと相も変わらずゲストに舛添か○○○か□□□□を使う。しかし、あの二人も舛添に負けない目をしてる。

これに自民党の代議士が何人か加わって討論すると、奸賊が謀反の陰謀を企てているか悪徳商人が抜け荷の相談をしている時代劇を見てるよう。

あんなに目付きの悪い連中ばかりテレビに出して、その顔を見た幼児が引き付けを起こしたらどうするのか。

テレビ番組に舛添はもういらない。要一でなく不要一である。

早いうちに奴の本性を見抜いたことをちょっとだけ自慢したい。ちなみに、名前の部分が伏せ字になっているのは、私は政治評論家の２人を実名で書いたのだが、編集部の判断で伏せられた。多分、文藝春秋と関係が深い人物だったのだろう。

次のコラムは、当時の農水大臣について書いたものだが、そのまま舛添にも当てはまるので読んでいただきたい。

セコい人が一番見苦しい

産経新聞／２００７年３月20日

私と縁が深い芸人の世界で「あいつはセコい」と言われたら、それは最低最悪の評価である。セコいと言われないために、やせ我慢してでも見栄を張り、粋を通す。

芸人に限らず、誰だって「セコい」と言われたくはないだろう。ところが、政界だけは違う。大臣たる者が膨大な額の水道光熱費を計上して、そのセコい行為を「適切に報告している」と弁明しているのだ。

松岡農水相は何もわかっていない。適切とか適切でないという問題ではなく、国民に「セコい人」と思われてもいいのかという問題なのだ。セコい人物はセコいことしかできないから、「あんな人を大臣にしておけない」と言われるのである。

農水相はペットボトル1本5000円もする水を飲んでいるらしい。自腹なら1万円の水を飲んだってかまわない。「贅沢だ」と反感を買うかもしれないけれど、水道光熱費で落とすセコさよりはましだ。田中角栄元首相は収賄で有罪になったが、セコいところはなかった。だから有権者に支持された。

レストランへ行くと、家族で食事をしたのに領収書をもらう人がいる。会社の接待費で落とすか、確定申告の際に必要経費として計上するのだろうが、これまたセコい。しかも、セコいところを女房子供に見せて平気でいる。〝家長〟としての威厳などみじんもない。

セコいには、「下手クソ」「つまらない」「了見が狭い」「いじましい」といった意味もある。すべて農水相に当てはまる。セコい国会議員はほかにも大勢いるのだろうが、見識ある総理ならそんな人物を大臣には任命しないはず。安倍首相の任命責任が問われてもしかたがない。

松岡利勝農水大臣は自分の行いを恥じたのか（ほかにも原因があったらしいが）、自ら命を絶った。それに比べると、舛添は**生き恥を晒している**。**よほど面の皮が厚い**のか、**羞恥心が欠如している**のだろう。**「恥知らず」**はカウンターパンチのように効く言葉なので、あなたの周囲に舛添のような人物がいたら容赦なく浴びせてやるといい。

夫が有名人だと、自分までが偉くなったと勘違いする女房族

世の中には夫が有名人というだけで、自分まで偉くなったと勘違いする愚かな女房族

が存在する。政治家の妻、官僚の妻、芸能人の妻、スポーツ選手の妻、彼女たちは夫の権勢を笠に着て威張る**「虎の威を借る女狐」**だ。

ビル・クリントンが大統領だった頃、政治家の悪妻といえば、ヒラリー・クリントンが代表格だった。まさか将来、大統領候補になるとは夢にも思わなかったが、夫が大統領なのを鼻にかけ、嫌みな女だったことは確かである。そこで、当時放送中のNHK朝の連続ドラマ、『ひらり』に引っかけて叩いた。

ヒラリーは『ひらり』を見習え

週刊文春／1993年1月7日号

アメリカ次期大統領夫人のヒラリー・クリントンを許せない理由は、いずれこの女が日本にとって害となると予測するからである。

名門女子大を最優秀の成績で卒業後、イェール大学のロースクールを出て弁護士となり、今や全米トップ百人の弁護士にランクされる。年収が約二千三百万円、州知事のビル・クリントンの四倍以上だったという。

このヒラリーを最初に嫌な女だと思ったのはクリントンの愛人と名乗る女が現われて衝撃の告白をした時だった。ヒラリーはテレビのインタビューに対し、「これは夫婦のプライバシーです。私は彼を愛し尊敬し、彼が今までやってきたことを誇りに思っています」とタンカを切った。

その様子は亭主をかばうなんて生やさしいものでなく、亭主を大統領にするためならやきもちなんて焼いていられないという強い意志が見え見えであった。

海老名美どりに睨まれた峰竜太みたいだったクリントンを見て、「こんな鼻っ柱の強い女房じゃ亭主は苦労すらあ」と、いたく同情したものだ。

そして家に帰るなり、ヒラリーが「あんたがあんな女に手を出すからよ」と怒鳴りつけ土下座させ謝らせる姿が目に浮かんだ。二時間ドラマならさしずめ小川真由美か岩下志麻の役どころです。

この一件でクリントンは生涯ヒラリーの尻に敷かれる運命となった。ビルを尻に敷くなんてゴジラのような女だ。

ヒラリーは夫よりも自分のほうが頭がよくて政治能力も上だと思っている節(ふし)がある。日本にも埼玉あたりに似たような代議士夫人がいたが、ちょっとばかりおつむの程度が上だ。しかも弁護士だから口八丁手八丁、それだけに始末が悪い。

いまやヒラリーはベビーブーマー世代の女性の象徴である。大統領就任式が済んだら正式にファーストレディとして活動し始める。これまでの大統領夫人より若い分、しゃしゃり出ることが多いだろう。事実、大統領選中は候補指名受諾演説をチェックして直したり、演壇に上って長々と亭主の紹介演説をしたこともある。

アメリカの保守層はヒラリーのそういうところを嫌っているらしいが、日本のマスコミはけっこうありがたがって取り上げるに違いない。

まず女性雑誌が「ヒラリーのここが素敵」とか「ヒラリーに見る新しい妻の生き方」てな特集を組んで持ち上げる。するとそれを読み、「あたしもヒラリーみたいになろう」と考え違いするバカ女房が必ず出てくる。特に大都市で生活する夫婦共稼ぎの女が影響を受けやすい。

近年の日本女性はアメリカ女性の生き方に追従する風潮がある。ウーマンリブしかり、キャリアウーマンしかり、結婚しない女たちしかり。同じようにヒラリーみたいな女房が増えたら亭主族はいい迷惑だ。

ヒラリーの悪影響はこれだけではない。あの女はクリントン政権の閣僚スタッフの中に入るのではと噂されたくらいだから、政策に口を出さないわけがない。ブッシュ政権におけるジム・ベーカーみたいな総合アドバイザーを望んでいるとも聞く。

地元のアーカンソーでは、「州の改革ができたのはヒラリーがいたからで、リーダーシップの多くはヒラリーによるものだった」というのが定説になっている。おまけにクリントンには煮え切らない、踏ん切りが悪いという欠点がある。

となればクリントンはヒラリーの言うなりになって、木偶(でく)人形になりかねない。つまりヒラリーの傀儡(かいらい)政権になる可能性がある。

日本でもこの数年、竹下、金丸による傀儡政権が続いてきたけれど、竹下と海部に肉体関係があるとか、金丸と宮沢が同衾することは絶対なかった（あったら気持ち悪い)。

ところがヒラリーとクリントンは夫婦であるからして、操る者と操られる者がベッドを共にするのだ。

寝物語で、「やっぱり保護貿易政策は必要だと思うわ」とか「日本企業に対する課税は強化するべきよ」と囁けば、あの甘ったるい顔したクリキントン、いやクリントンが、「ヒラリー、君はいつも正しいよ」と、言われた通りに実行することは十分考えられる。

権力欲がエスカレートすれば、次の大統領選は自分が立候補するとさえ言いかねない。

亭主を立てる振りをしながら、その実は自分が目立ちたい、自分の思う通りにしたいという高慢な女房を私は許せない。我が国に昔からある「内助の功」の美徳を重んじたい。

同じ名前でもNHK連続ドラマ『ひらり』の石田ひかりちゃんは可愛い。日本人はカタカナのヒラリーより平仮名のひらりのほうを愛する。

文中、例えをたくさん使っている。私が付き合いの深い芸人の世界では、「〜みたい」、「〜のようだ」といった例えが上手い芸人はセンスが良いと評価される。そこで私もクリントン夫妻をいろんなことに例えた。**「海老名美どりに睨まれた峰竜太みたい」**というのは、峰が恐妻家で有名だったから。**「ビルを尻に敷くなんてゴジラのような女だ」**という例など皆さんも毒舌をふるう際、巧みな例えを入れると隠し味となって笑いが取れるだろう。

悪妻の筆頭は、不遜な言動が目にあまる野村沙知代

１９９６年における、悪妻の筆頭は当時ヤクルトスワローズの監督を務めていた野村克也の夫人、野村沙知代だった。見るからに**「うさん臭い女」**である。**修羅場をくぐった者でなければ持ち得ない特有の威圧感。人を見下すような態度と物言い。過去にかなり悪行を重ねたのではと**疑いもした。不遜な言動が目にあまるので筆誅を加えた。

野村克也・沙知代は「狂牛病夫婦」

週刊文春／１９９６年８月29日号

ヤクルトスワローズファンの私としては、野村監督には三度リーグ優勝させてもらい、二度も日本一にしていただいた恩があるので悪口を言えた義理ではないが、引退を勧めるのは監督の名誉を考えての上である。

これまでスワローズの選手たちは、「監督は嫌味なオヤジだけど、言う通りにしていればいい結果が出る」と信頼し切っていた。ところが、日本一になった昨シーズンのオフ、野村は沙知代夫人といっしょにテレビに出まくった。その夫人のキャラクターがあまりに強烈なため、時には顰蹙（ひんしゅく）を買うこともあった。野村が嫌うジャイアンツの落合選手夫婦の轍（てつ）を踏んだわけだから皮肉な話である。

続いて、三男の克則がスワローズに入団した。レベルの低い東京六大学でたいした実績も上げていないのにドラフト三位で指名したのは明らかな情実入団だ。野村は以前、「親子が同じ球団にいて何ができる」と長嶋茂雄・一茂親子を批判したくせに同じことをしたので、スワローズファンはあきれ果てた。しかも野村は克則が入寮の際に付き添いで同行し、自ら登録名を「カツノリ」と決めるなどマスコミの面前で親ばかぶりを発揮した。同時に沙知代夫人はどんな場面でもしゃしゃり出て、周囲を辟易（へきえき）させた。

そんな姿を見て選手たちはどう思ったであろうか。「監督もただの親ばかだった」「女房にあそこまで好き勝手させておくのか」と幻滅したはずだ。尊敬の念は薄れ、軽く見るようになって、「監督がテレビでばかやってるんだから自分たちもオフを楽しもう」と、気を抜いて身体の手入れを怠った。その結果が今シーズンの故障者続出につながったと私は見ている。すなわち、チームの低迷は監督の不徳の致すところである。

スワローズとは対照的に沙知代夫人は絶好調だ。『笑っていいとも！』にレギュラー出演し、ワイドショーの取材を受け、のべつマスコミに顔を出す。スワローズがボロ負けしたあくる日のこと。テレビで沙知代夫人を見た私は怒りが込み上げてこう叫んだものだ。

「あの狂牛病の雌牛みたいな女をなんとかしろ!」と。

プロ野球史上、名監督と言われた人物が、自分の女房にタレントまがいのことをさせた例はない。野村はせっかく名監督という評価を得たのに、女房のせいで値打ちを下げた。出しゃばりの女房をたしなめられない監督の言うことを選手が聞くはずがない。ついでに言えば、〈ノムダス〉と称して語る説教臭い格言と中国の故事も、ぶつぶつと呟くボヤキのコメントも聞き飽きた。試合中の皮肉っぽい薄ら笑い、似合わないヴェルサーチの私服姿も見飽きた。

よしんば今シーズン優勝したとしても、スワローズで野村が果たすべき役割は終わったと言える。もはやID野球は旧式のコンピュータで、新型に買い替える時期に来ている。幸いスワローズには若松二軍監督という生え抜きの監督候補がいる。だから、心置きなく後進に道を譲り、今シーズン限りで引退したらどうか。スワローズの恩人に、名監督のままやめてほしいのだ。そして、大リーグ視察のためアメリカへ行くことをお勧めする。できればフルムーン旅行を兼ねて夫人同伴で行って

> いただきたい。案内は野茂のエージェントをやっている長男の団野村に頼めばよい。二軍で修業中のカツノリのことが心配なら、いっしょにアメリカへ連れて行き、向こうの教育リーグに入れる手もあるぞ。家族で仲良く暮らし、息子のコーチもできる。野村家にとって、こんな楽しいことはあるまい。
>
> 　しばらく日本を離れてくれればテレビで沙知代夫人の顔を見なくてすむ。もっとも、野村があの女房と四六時中いっしょにいるのを嫌がる気持ちもわかるので強制はしないが。

　掲載後、**「世の中には万人に嫌われる女がいるものだ」**と思い知った。編集部に寄せられた読者の反応は、「よくぞ書いてくれた」という賛同の意見ばかりで批判はゼロ。バラエティ番組の中では「サッチー」などと呼ばれ人気があると思われていたのに、現実は大違いだった。

　彼女のコメントを「毒舌」と持ち上げるマスコミもあったが、ただ口のきき方がきついだけで、あの**下品な言い様**は毒舌ではない。真っ当な毒舌と一緒にしてほしくない。
その後、沙知代夫人は小沢一郎から衆院選への出馬を求められ、図に乗って立候補したが落選。のちにその際の学歴詐称が問題になって告発された。続いて脱税が騒がれ、スキャンダル続きで表舞台から姿を消した。ところがどっこい、亭主が楽天イーグルスの監督になると、再びしゃしゃり出るようになった。そこで、『日刊ゲンダイ』の連載コラムで再度夫婦を叩いた。

身勝手で厚顔無恥な野村夫婦はもうウンザリ

日刊ゲンダイ／2010年1月5日

年末年始、タレント以外で最も数多くテレビ出演したのは野村克也前楽天監督ではなかったか。暮れに放送された『カリスマ白書Ⅱ～禁断の絶対タブー本人告白…』

（ＴＢＳ）では、身勝手なことばかり言い立てていたので腹が立った。

監督解任劇の裏側に迫るという触れ込みだが、来シーズンは新監督と決めた楽天が再契約に応じなかったというだけの話で、球団が責められる筋合いではない。それをいまだに不満タラタラ、グチグチ、ブツブツ、未練がましいったらない。

プレーオフの試合前に選手たちを集めて真情を吐露するところまでテレビカメラを入れさせたのは、いくらマスコミ好きでもやり過ぎである。そういったなりふり構わぬマスコミ操作を含めて、己の不徳の致すところとは思わないか。

また、沙知代夫人がインタビューで顔を出していた。学歴詐称、脱税などで世間を騒がせ、一度はテレビ界から追放されたのに、いつの間にか亭主とパッケージで出るようになった。相変わらず大きな顔して本当にうざったい。

さんざん野村の愚痴を聞かされた揚げ句、最後は亡き母親の思い出を語るお涙ちょうだいだ。テレビでたびたび紹介された有名な話で、「感動秘話」などではないのに、司会の小倉智昭と中井美穂はもらい泣きする。

野村夫婦の顔はもう見飽きた。

沙知代夫人からの電話！

掲載後、なんと自宅に沙知代夫人から電話があった。どうやって電話番号を調べたのか、いきなり「野村です」と名乗ったので、「どちらの野村さんですか」と尋ねると、「野村沙知代です」というので驚いた。彼女はいきなりこう言った。

「あんたね。ひどいことばかり書くんじゃないわよ」

私が応える間もなくまくし立てた。不快極まる声音に我慢できず。「ビッチ！」と言って電話を切った。アメリカ人がよく使う悪態で、「クソ女」とか「売女（ばいた）」という意味である。沙知代夫人の最初の亭主は米軍の将校だったから意味はわかるはずだ。それにしても、公開していない自宅の電話番号を調べて文句をつけてくるとは怖い女である。

その後、電話がかかってくることはなかった。

第3章

毒舌をふるえば反論、脅迫もある。それを受け入れること

毒舌をふるったら、脅迫状も届くのは覚悟の上だ

有名人に毒舌をふるったら、はねっ返りがあるのは覚悟していた。案の定、自宅に脅迫状が送られてきた。差出人の名前が書いていない手紙が届いたのだ。銀行が現金を入れるのに使う袋を封筒代わりにしてあるのに笑ってしまった。**セコいにも程がある**。どうせろくな手紙じゃないだろうと思って開封したら、粗悪なザラ紙に下手クソな字で、私を罵倒する言葉が書いてあった。長渕剛を書いたエッセイに対して腹を立てたようだ。

やい、長渕剛、セコイ歌で世間知らずの若いもんを騙すな

週刊文春／1994年5月4・11日合併号

私は東京の田舎者が大嫌いだ。私が言う田舎者とは地方出身者のことではない。

礼儀を心得ず、やたらと威張りくさる傲慢な奴である。つまり根性と了見を田舎者と言っているので、東京で生まれ育った連中にも田舎者は大勢いるし、地方出身者でも洗練された東京人になりきっている方は多い。

政治家では小沢一郎が典型的な田舎者だが、芸能人なら文句なしに長渕剛だろう。長渕とかいう歌い手兼俳優が実に傲慢で評判が悪いとの噂は耳にしていたが、それを確認したのは三年前の事件であった。紅白歌合戦に出演した際、ベルリンの壁の前で三曲も歌い、ぐだぐだとつまらないおしゃべりをしたために時間が押して、他の歌手の持ち時間が短縮される結果となった。

可哀相だったのは某高校のバトン部の演技がカットされたこと。その高校生たちは紅白に出演するとあって一生懸命練習を重ね、何度もリハーサルをやらされたであろう。なのに長渕は反省するどころか開き直ってＮＨＫを批判した。盗人たけだけしいとはこいつのことである。

近ごろはテレビドラマで共演した女優に次々と手をつけ、制作スタッフに暴力を振るうなど乱暴狼藉の数々。こうなると桃太郎侍ではないが、「許せん！」と言いたくもなる。

長渕は見てくれが実に薄汚い。ステージに立つ時もジーパンにヨレヨレのシャツ、坊主頭に革の帽子をかぶったダサい格好だ。また中途半端な薄い髭がなんとも汚れた感じに見える。早い話がひと昔前の貧乏学生みたいな風貌で、「一般の尺度からクリエイティブなところに携わっている人たちを捉えて、どうのこうの言われても比較できないことですしね」（本誌のVIPルームインタビュー）などと小理屈をこねる。

私から見ればたんなる無礼な成り上がりのチンピラにすぎないのだが、当人は自分をカリスマ性のあるたいへんな大物と思い込んでいるようだ。焼き鳥屋を繁盛させたくらいで遣り手の実業家ぶる田舎者に多いタイプである。

ところがこの数年、『とんぼ』『しゃぼん玉』『RUN』と立て続けに連続ドラマに主演している。長渕は原案を出し、脚本家を指定してキャスティングや台詞のチェックにまで口を出すという。それがまたけっこう高視聴率を取る。『RUN』は息子が見ていたので見たことがあるが、「退廃し切った日本のドラマ界に、筋の通った見ごたえのあるものを作りたい」と大見得を切ったわりには、さっぱりわけのわからない駄作だった。

易者に扮した長渕が実は闇の仕置人という設定自体がお笑いなのに、笑わせてくれるのでなくドラマの中で説教しやがる。こいつに「お前は何様のつもりだ！」と問うたなら「教祖様のつもり」と答えるに違いない。だからドラマの中でも説教をする。

女を口説く時も説教しながら口説くのであろう。私の学生時代にも同じようなのがいたっけ。学生運動をやっていて、小理屈と小難しい言葉を並べ説教しながら口説く。この手の口説きに弱い女がどこにもいるもんで、すっかり洗脳され、最後には捨てられて泣きを見る。こういう族に限って就職の時期になると、長髪を切りスーツを着て試験を受け、しっかり体制側の人間になるのだ。

長渕が歌手の石野真子、女優の志穂美悦子と二度の結婚をした時も、ドラマで共演した清水美砂や国生さゆりと不倫した時も、きっと説教しながら口説いたに違いない。もともと中身が薄っぺらで人格的に欠陥がある野郎だから、ちょっと賢い女ならすぐ正体に気付いて離れていくだろう。

まあ、女優相手に偉そうなことを言っている分にはまだ罪も軽いが、制作スタッフに暴力を振るうのは断じて許せない。インタビューの中で、「ものを作る現場では緊張感のないやつは有無をいわずにぶん殴られるんです」と言っていたが、実際に制作現場で気に入らないアシスタント・ディレクターを殴ったと報道された。テレビ局の下請けスタッフは立場が弱く、今後のこともあるから泣き寝入りするのが常。長渕だけでなくこの手の横暴な我がままタレントに泣かされている制作スタッフは大勢いるはずだ。彼らに代わって言ってやる。

やい、長渕。セコイ歌で世間知らずの若いもんを騙して銭儲けしやがって、何が『乾杯』だ。結婚披露宴であの歌を聞くとむしずが走らあ。

ドラマの主演俳優という立場を盾に取って若い娘をたらし込み、弱い立場のスタッフを泣かすとは勘弁ならねえ。おまけに「ケツの座りの悪い東京」と抜かしやがったな。東京だって、てめっちみてえな田舎者に住んでほしかねえや。

目障りだから地方(ドサ)回りのコンサートでもやるか、生まれ故郷の鹿児島に帰って公民館で好きな歌を歌ってろ！

手紙の作法を心得ない愚か者の脅迫状など屁とも思わない

熱狂的なファンの中には、長渕を教祖様のように奉る信者がいることは承知していた。多分、差出人はそのひとりなのだろう。字が下手な上に文章も下手なので読むに耐えない。途中まで読んで破って捨てた。人に脅迫状を出すなら、巻紙に毛筆で書けとは言わないが、安い茶封筒でもいいからちゃんとした封筒と便箋に、読みやすい字で書いてほしい。手紙の作法を心得ない愚か者の脅迫状など屁とも思わなかった。その後も何通か届いたが、いつも銀行の袋を使うので同一人物とわかり、「♪しろやぎさんたら読まずに捨てた」次第。

橋本聖子の支持者からの手紙と、それへの反論

橋本聖子（現参議院議員）の参議院議員立候補について批判した際、支持者から「オリンピックの功労者を叩くとは何事か」という怒りの手紙が届いた。こちらはちゃんと差出人の住所と名前が記してあったので、私としては珍しく反論を書いた。論争となったエッセイがこれだ。

もう一人の聖子こそ害をなす

オール讀物／1995年6月号

女性週刊誌やワイドショーは、松田聖子が浮気をしたのハワイでシャネルを買い漁（あさ）ったのと騒いでいるが、誰に迷惑かけるでなし、放っておけばいいと思う。

非難されるべきはもう一人の聖子、橋本聖子の参院選立候補のほうであろう。あれは松田聖子の御乱行とは比べ物にならないくらい害をなす。

橋本はこの七月の参院選比例代表区に自民党から出馬する。それも代表者名簿の順位が上位というから驚く。

橋本は記者会見で、「当選したら議員バッジをつけてアトランタ五輪を目指します」と宣言した。

この女は何度オリンピックに出れば気がすむのか。

サラエボ、カルガリー、アルベールビル、リレハンメル、以上がスピードスケートで出場した冬期五輪である。それだけでも出過ぎなのに、ソウルとバルセロナには自転車競技でも参加している。五輪オタクとはよく言ったものだ。

そして、成績のほどはと言えば、全部合わせて二十以上もの競技に出場したのに、メダルは銅がたった一個きりという体たらく。この節はメダルの価値もとんと落ちて、金メダルを取った選手がお笑いタレントになる時代だ。それにしても銅メダル一個の看板で国会議員になろうとは虫がよすぎる。それも元体操選手の小野清子議員のように、引退して指導者や協会役員になった後、政治を勉強してからというならともかく、橋本は現在もフリーのプロ自転車選手ではないか。

出馬宣言の記者会見ではタレント、運動選手が立候補する時のお定まりの公約、「社会福祉とスポーツ振興」を掲げているが、その程度のことなら国会議員にならなくともボランティア活動でできる。オリンピック出場でさんざん税金の無駄遣いをしたのだから、あしたからでも社会奉仕をしろと言いたい。

それに橋本の顔はどう見てもツッパリのネエちゃんで、知性のかけらも感じられず政治理念があるとは思えない。身の程知らずここに極まる。

それにしても橋本ごときを比例代表者名簿の上位にするとは、自民党は何を考えているのか。いくら橋本の身内に国会議員や財界人がいるとは言え、優遇するにもほどがある。そのことで他の候補者が反発し他党へくら替えする危険とか、自民党にはよほど人材がいないと支持者に見放される可能性を考えないのだろうか。党も人間も落ち目になると、これほどまでにさもしくなるという見本である。

橋本を落としたくとも、比例区で名簿の順位が上位だと当選間違いなしだ。

しかし、アトランタ五輪出場権を獲得するためには、九月にコロンビアで行われる自転車の世界選手権に出場しなければならない。議員になって、国会会期中だったとしても行くのだろうか。こんなのを参議院議員にしたら国辱ものだ。

予想通り、橋本は参院比例区で当選し、現在４期目を務めるベテラン議員である。支持者は「よくやっているではないか」と言うだろう。しかし、議員という立場にありながら、スケートの日本代表選手でイケメンの男性に自分からキスするなど**不見識な行動**が多々あり、今でも私は批判的である。比べてはいけないが、同じ聖子なら松田のほうがいい。

反論に対して、頭を下げたことが一度だけある

反論に対して「参りました」と頭を下げたことが一度だけある。文藝春秋が創刊した月刊誌『マルコポーロ』の編集長に花田さんが就任したことで、私は「こいつだけは許せない！」というタイトルのエッセイを連載することになった。創刊号記念と銘打ち、一挙に5本書くことになった。挿画として、当時売り出し中だった消しゴム版画家、ナンシー関が人物の版画を彫ってくれた。5本とも人物を斬るのも能がないと、1本だけ吉本興業が銀座7丁目にオープンしたばかりの銀座7丁目劇場を俎上（そじょう）に載せた。

ヘタな素人アホなガキ「銀座・吉本」。

マルコポーロ／1994年7月号

私は演芸評論家時代から大阪のお笑いに対して好意的だった。あんまり上方の芸人ばかり誉めるので、時には東京の演芸関係者から非難されることさえあった。好きな芸人のほとんどが吉本興業に所属していたため取材の際はお世話になったし、こちらとしてもパブリシティにひと役買ったと自負している。だから本当は吉本に喧嘩など売りたくはないのだが、銀座7丁目劇場だけは腹に据えかねる。

三月二十七日、吉本興業は銀座7丁目劇場をオープンした。東京に吉本の直営館ができるのはお笑いファンとしては大歓迎である。しかし、この劇場は「吉本印天然素材」と称する若手の漫才、コントの集団が中心だ。戦略として彼らはオープン前からテレビの深夜番組に出ており、中高生の女の子に人気があるため、当然劇場に来る客は少女たちが中心ということになる。その結果、東京で唯一大人が気持ちよく歩ける街、銀座の一角が原宿みたいになってしまった。

私も出かけてみたが、開演前から劇場のある東芝銀座セブンビル前には少女たちがたむろしている。劇場に客が並んで待つスペースがないため、前売りを買った客、当日券目当ての客、タレントが来るのを待つ追っかけたちでごった返す。裏通りならまだしも、銀座通りなので、こういうガキどもは通行人と近隣の商店にとって迷惑以外のなにものでもない。実際に近隣の商店からは苦情が殺到しているという。

客に責任はない。悪いのは公道をロビー代わりに使う劇場側だ。東京が誇る盛り場、銀座を土足で踏みにじるような振る舞いがどんなに東京人の神経を逆撫でするか、吉本の経営者にはまるでわかってない。

吉本印天然素材のメンバーは、ナインティナイン、雨上がり決死隊、チュパチャップス、FUJIWARA、バッファロー吾郎、へびいちごの六組。誰が出てきても、何をやっても客は笑う。どこが面白いのかと思うようなギャグでも受けている。これではせっかくの才能を持つ若手が育たない。冷静に見れば、ガキ相手にしか通用しない実力である。束になってかかっても東京の落語家一人にかなうまい。

同じ若手芸人なら高田文夫が主宰している関東高田組の連中のほうがはるかに面白くレベルが高い。東京には生きのいい若手が大勢いて間にあっているのだ。

また、マスコミも吉本の戦略に乗せられて持ち上げすぎる。朝日新聞までチョウチン記事を書く始末で、記者は本当に劇場で芸人を見た上で書いているのだろうか。だとしたら感性を疑う。テレビ局も劇場からの中継番組を安易に作るなって。どれも目を覆いたくなるような愚劣極まりない番組で見るにたえない。

聞けば吉本は東京で素人をオーディションし、新しいタレントを発掘して劇場に出す方針とか。広域暴力団がチンピラを鉄砲玉に使ってよその縄張りに進出し、その土地で組員を募るようなあざとい手口ではないか。

銀座には歌舞伎座、新橋演舞場という格式高い大劇場がある。銀座で興行を打とうというならガキ相手のせこい商売などせずに大劇場を作ってみろ。すなわち昔のうめだ花月、なんば花月の規模の劇場、ぎんざ花月を作り堂々と正面から攻めて来いって。

月亭可朝、八方、仁鶴、三枝、文珍、さんまを出せ。中田カウス・ボタン、オール阪神・巨人、小づえ・みどり、コメディNo.1、チャンバラトリオを出せ！　吉本新喜劇を連れてこい！　私はチャーリー浜と池乃めだかが見たいっ。

名前を挙げた吉本の看板芸人たちを出せば東京在住の関西人だけでなく生粋の東京人も押しかけよう。銀座になら「大阪のお笑いもけっこうですわね」と上品な奥様方だって来る。旧態依然とした放漫経営をしている東京の寄席も客を取られりゃ、「このままではいけない」と少しは対策を練るだろう。

正攻法なら演芸界全体の刺激となりうるのに、7丁目劇場程度のゲリラ戦法では東京の寄席は痛くもかゆくもない。

はっきり言う。表通りにガキがたむろするのも、ビル全体を覆う「本当は東京、好きなんですわ」というばかでっかい広告も目障りである。銀座の景観を損ねる。

吉本は以前京都の嵐山に吉本ハウスを作った際、場違いな看板を立てて景観を損ねると注意された前科があるのに、懲りずにまた同じ愚を繰り返す。こういう田舎者根性丸出しのやり方が東京人のカンにさわるのだ。

できてしまったものはしかたないから出て行けとは言わぬが、一日も早くガキを閉め出し大人の客が見に行ける劇場に変えていただきたい。
大阪弁で言わなきゃわからないというなら言ってやる。
銀座はな、ガキの街やあらへんで！

見事な反論に「参りました」

これが掲載されると、編集部に当時の吉本興業東京支社長、田中宏幸氏から「反論を書かせてほしい」という申し出があった。花田さんが面白がって田中氏に原稿を頼んだ。するとと「吉川潮はん、吉本にも言わしてくんなはれ！　さんまもダウンタウンも、はじめに笑(わろ)たんはガキやった。」というタイトルの反論が届いた。

まず、全編大阪弁で通しているのがよかった。銀座という土地についての持論は真っ当だし、私も納得せざるを得なかった。そして、最後に、「銀座は素敵ですわ。『ぎんざ花月を作り堂々と正面から攻めて来いって』吉川はん何ちゅうエエこと言うてくれはりますのん。実はそれが吉本の夢なんですわ。今回はそこまでの経済的なゆとりも根性もありまへんでしたが、お言葉を胸に夢を持ち続けたいと存じとります。まいど、おおきに。」

と、私を持ち上げながら吉本の方針を語るしたたかさ。こういう反論には「参りました」と脱帽するのが作法であろう。

後年、私が親しくしていた元フジテレビのプロデューサー、横澤彪（よこざわたけし）さんが吉本に入社して東京支社長に就任した。横澤さんにこの話をしたら、「それが大阪人のしたたかさですよ」と笑っていた。確かに、転んでもタダで起きない大阪人のド根性が窺える反論だった。

長年毒舌をふるってきたが、反論されて気持ちよかったのはこれ一度きりである。

第4章

政治家に毒舌をふるうなら、素人の政治談議より面白くないといかん

政治家をネタにする場合は人選と切り口が肝

政治家を批判するのはたやすい。反論されることがない（無視されるだけ）からだ。時の総理大臣の悪口など誰にでも言える。しかし、ヘタすると素人の政治談議と同じレベルになりかねない。老人ホームや公園でお爺さんたちが、酒場でサラリーマン諸君が酔った勢いで語る政治家批判である。

プロの物書きが、しかも辛口を売り物にしている者が素人レベルの毒舌をふるっても商品にならない。そこで、政治家をネタにする場合は人選と切り口に苦心した。まず、社会党の党首から衆議院議長に成り下がった土井たか子をおちょくった。

〝行かず護憲〟土井たか子

週刊文春／1993年8月26日号

私は土井たか子が好きだった。委員長時代に街頭で演説するお姿を拝見してその美しさに魅せられた。肩をいからせた男っぽい言動の中にチラリと見せる女らしさを「かわいい……」と思った。彼女こそ社会党のジャンヌ・ダルクと信じていた。だからこそ、このたびの衆院議長就任は裏切られたような思いがして許せない。

非自民連立内閣における社会党の立場を考えてみよ。社会党は没落した旧家で、そこの娘たちが殿様（日本新党）や成金の商人（新生党）や坊主（公明党）どもと政略結婚することではないか。いや、正妻でなく側妾（そばめ）になるようなものと言ってもいい。

衆院選の惨敗で執行部が責任を取り辞任すると思いきや、連立内閣で政権を担うことになって浮かれてやがる。赤松がニコニコしながら小沢と内緒話をしている様子は、女ったらしに処女を奪われた山出しの娘が男にべったりくっ付いているようで見苦しい。年増女の色気を振り撒く山花も同様、みっともないったらありゃしない。

　こんな節操のない社会党の中でただ一人毅然として、「私はお嫁なんかに行かないし、妾になるのもごめんだ」と突っ張っていたのが土井たか子ではなかったか。行かず後家ならぬ、〝行かず護憲〟を通そうとしたのが我らがおたかさんではなかったのか。

　下の娘たちがお嫁にいきたい、妾になってもいいと言っているのに、一番上の娘が「絶対にいやっ」とごねてるのは嫁入り先や旦那に対して申し訳が立たない。そこで下の娘たちが相談して、「じゃあ、たか子姉さんには分家してもらおう」と、体よく家から追い出してしまったのが今回の議長就任の真相である。

　その知恵を授けたのは新生党に違いない。小沢と奥田あたりが山花、赤松と杯を交わしながら、時代劇に出てくる悪家老とお局（つぼね）様の如く、「あの行かず後家をうまいこと始末したのう」とほくそえんでいる様が目に浮かぶではないか。

社会党の執行部だって、右派右派（ウハウハ）喜んでいるはず。それがわかっていながらなぜ議長就任を受けたのか、私は残念でたまらない。

過去十代の衆院議長の平均年齢は七十四歳で、平均寿命とたいして変わりない。つまり一丁上がりの老人政治家の名誉職であって、六十四歳の元気な女性がなる役職ではない。田辺誠が適任であろう。

おまけに自民党からいちゃもんを付けられ、もめにもめたあげくの就任だった。初めての議会の時、心ない自民党議員から野次られている土井さんを見ていて情けなかった。

これで国会が開会されたら、国会運営の主導権を握る新生党に翻弄され、また自民党の抵抗もあって、彼女の清い体が泥まみれになってしまう恐れがある。なにせ相手の保守陣営は海千山千の女ったらし揃いなのだから。

そもそも土井たか子という人は優秀な憲法学者ではあるが、政治家としての実績はないに等しい。

委員長時代には衆参両議院で議席数を増やしたものの、何をやったかと考えると何もやっていない。社会党の体質は「なんでも反対党」から一歩も前進しなかった。八九年の参院選で大勝した時、「山は動いた」と言ったが相変わらずの国対政治で、動くのは山でなく金だった。

委員長を辞任するきっかけになったのは九一年の統一地方選の大敗で、原因は都知事選候補擁立のもたつきと消費税廃止への動きのにぶさにある。特にあれほど大騒ぎした消費税を廃止できなかった責任は重い。おまけに、後任委員長を金丸の親友の田辺誠にしてしまった。

つまり、土井たか子は党のシンボルとしては最高だが実務には向いてないのである。育ちがいいお嬢さんだから政治家としては正直すぎる。嘘がつけない政治家は日本では駄目な政治家と言われる。

こうなればあくまでもかたくなに護憲を貫き通すしか道はない。「ダメなものはダメ」という得意の台詞で議長就任を固辞し、社会党左派を引き連れて脱党すべきだった。さすれば社会党は解党に追い込まれる。今の社会党は安物の冷凍食品みたいなもので、カイトウしなければ役に立たず邪魔になるだけの代物。土井たか子は冷蔵庫の掃除をしたと絶賛されたはずだ。

そして、恩師の田畑忍同志社大名誉教授の勧めに従い「護憲新党」を旗揚げして純粋野党の党首となるべきである。

「日本国憲法と結婚した」と言った土井たか子としては、政治的貞操を守り通してこそ聖母マリアになれるのだ。処女受胎のように処女のまま護憲新党を産めば、土井たか子は政界のマリア様として永田町の神話に残ったであろうに。

毒舌は用語に要注意

私は土井たか子が好きだったので、衆議院議長になったことを批判したのだが、**「行かず後家」**は未婚のまま歳を重ねた女性を揶揄（やゆ）する言葉で、現在ではセクハラ用語である。今、例えば憲法改正に反対する独身の女性議員などにこの言葉を使ったら大騒ぎになるだろう。毒舌にセクハラ用語、差別用語を使わないのも作法なのでお互いに気をつけましょう。

掲載誌の発売直後、落語立川流のパーティーで社会党の重鎮、上田哲氏に会った。氏は談志師匠と親交があり、私が執筆者だと知ると満面の笑みを浮かべ、「いやあ、あのエッセイは面白かった。行かず護憲とは上手いねえ」と私の手を握ったものだ。両手を包み込むような「政治家握手」で。上田氏は土井たか子が嫌いだったのである。

細川護煕を初めて見た時、**「こいつはバカ殿様だ」**と直感した。非自民連立政権で総理大臣となった時には、この男に国の将来を託してたまるもんかとも思った。案の定、金権問題で疑惑を持たれると、すぐに政権を放り出した。そこで書いたのが次の文章である。

バカ殿の細川護煕は潔く腹を切れ

オール讀物／1997年4月号

作家の池宮彰一郎氏が週刊新潮に連載中の『島津奔(はし)る』は関ヶ原の合戦における薩摩藩を描いたもので、実に読みごたえがあって面白い。先月掲載された章に、細川幽斎・忠興親子に関するこんな記述があった。

「当時、細川一族ほど嫌われた家はない。政治感覚が鋭敏に過ぎ、権力に媚びること甚だしく、節操に欠ける。その上権謀術数に長(た)けている」

細川家は豊臣家を裏切り徳川方に付くのだが、この文章を読んで細川護煕元首相のことを思い浮かべた。戦国時代から四百年近くたったのに、当時の評価が細川一族の末裔である彼にそのまま当てはまることに驚く。細川政権樹立以来、佐川急便疑惑による首相辞任を経て今回のオレンジ共済事件への関与に至るまでの細川の動きは、まさに「節操に欠ける」としか言い様がない。

細川政権の際、マスコミは政治改革という大義名分に乗って細川を持ち上げた。一部のオピニオン雑誌は、彼の母方の祖父が近衛文麿であることを取り上げ、日本を戦争に導いた祖父と同じように日本を過った道に進ませるのでは、と危惧する記事を書いていた。しかし、国民は「血筋」とか「育ち」「外見」といった特長に惑わされ、熱狂的に支持し、一時は支持率七十パーセントにまで達した。細川が「殿様」と呼ばれた時、私はコメディアンの志村けんがコントで演じるバカ殿を連想した。細川の顔を白塗りにして頬紅を付けてやりたくなったが、案の定、本物のバカ殿だった。

細川は佐川急便から一億円借りた疑惑をうやむやにして逃げ延びた。そういう政治家は必ず同じことを繰り返す。オレンジ共済事件で細川の名前が出た時、「絶対もらってるな」と思った。友部達夫参議院議員のバカ息子、友部百男の証言によれば、細川の目の前で三千万円渡したという。たとえ、細川の主張通りに金を返したとしても、詐欺師を参議院比例区の当選圏内の十三位に推挙した罪は重い。

どんなに世間知らずのバカ殿でも、友部がうさん臭い金集めをしていたことを知らなかったとは言わせない。事実、自民党は友部を比例代表候補に「不適格」と判断してはずした。そんな人物の身内に、元首相たる者が一人前八万円の高級ステーキと一本三十万円のワインを馳走になるか。政治家のたかり根性とはいかんともしがたい。うまいものは身銭を切って食え！　と言いたい。私は友部議員から金をもらったかどうかより、そんなにご馳走になったことのほうが腹が立つ。

友部はいまだに議員を辞めていない。細川は自分が議員にしたのだから、責任を取って友部の首を取るべきだ。それができなけりゃ殿様らしく、潔く腹を切ったらどうだ。辞世の和歌でも詠んで友部より先に議員辞職すれば、さすが大名の末裔とほめてやる。

引導を渡してやるのも毒舌家の役目

細川氏は政界と縁を切り、表舞台から姿を消した後は陶芸に勤(いそ)しんでいたので、「さすが細川のお殿様、いい趣味をお持ちだ」と感心していた。ところが、2014年の都知事選に立候補するという暴挙に出た。会社でいえば、経営者でありながら勝手に辞任し隠居していた老人が突然株主総会に現われて、「社長をやらせてくれ」と言うようなものだ。今さら**「どの面下げて」**と言いたくなる。こういう老人に引導を渡してやるのも毒舌家の役目と心得た。ちなみに、「どの面下げて」はとてもいいフレーズである。民進党代表に蓮舫が選ばれたら、ぬけぬけと幹事長になった野田佳彦にも浴びせてやりたい。

都知事選を考える

正論／２０１４年３月号

都知事選の候補者の顔ぶれを見てこんな替え歌を作った。「咲いた、咲いた。チューリップの花が」という童謡のパロディだ。

揃った揃った　都知事の候補
並んだ並んだ　右派（みぎ）　中道（なか）　左派（ひだり）
どの顔見てもきれいじゃない

細川護熙元総理、舛添要一元厚労相、宇都宮健児前日弁連会長、田母神俊雄元航空幕僚長、六十五歳から七十六歳までの熟年世代である。老醜とまでは言わないが、いずれも風貌に魅力がない。猪瀬直樹前都知事みたいな悪相ではないものの、国際都市東京の顔としては何か物足りない。だからと言って、容姿端麗だけが取り得の滝川クリステルみたいな族（やから）が出馬しなくてよかった。その点、石原慎太郎元都知事は言動にこそ賛否両論あったけれど、どこに出しても恥ずかしくない押し出しの良い風貌だった。

選挙戦は自民党都連が推薦する舛添氏と民主党が支援する細川氏が有力と予想される。しかし、二人とも過去に選挙民を裏切った前科がある。舛添氏は二〇〇七年の参院選で自民党候補として比例代表で当選し厚生労働大臣になったのに、野党に転落し、自民党に見切りをつけ、さっさと離党してしまった。その結果、自民党から除名処分を受けた。自ら党首に就いた新党改革をじり貧にさせた政治手腕の足らなさと人望のなさが問題だし、除名した議員を支援する自民党もまた節操がない。

細川氏は総理就任後、政治資金問題を追及され、たった八か月で政権を放り出した。あっさり議員辞職した後は陶芸家として有名になり、隠居生活のようだったので「終わった人」との印象が強い。それが唐突に脱原発を唱え、おまけに小泉元首相と会談した後で立候補を表明したことに都民の一人として違和感を抱く。第一、この人が近年都内で生活していたかどうかもはっきりしない。都民の生活を真剣に考えているとも思えない。

私の印象では、舛添氏が御家乗っ取りを企む悪家老なら、細川氏は藩政を顧みず趣味の骨董収集に熱中するバカ殿様。つまりはどっちもどっちである。細川氏には「てんてんてん鞠てん手鞠」でお馴染みの『鞠と殿様』の替え歌を捧げたい。

げんげん原発脱原発
げんげん原発ゼロ目指し
どこからともなく飛んで来た
七十越えてヤマ越えて
都知事になろうと飛んで来た飛んで来た

細川氏の立候補が確実と言われた頃から、与党幹部が口を揃えて細川批判を始めた。甘利経済財政担当相、菅官房長官、公明党の山口代表、果ては鮫の脳みその森元首相までが。彼らのコメントはごまめの歯ぎしりにしか聞こえなかった。それほど細川・小泉の元首相タッグのインパクトは強烈だったのである。

今回の都知事選、原発問題が大きな争点と言われるが、都政が抱える問題はエネルギー政策だけでない。福祉、防災、五輪施設の建設問題、都民の高齢化など山積みである。それらの政策を原発問題と同等に考慮しないと、脱原発のムードに流されて投票する有権者が増えてしまう。小泉元首相が郵政選挙の際に使ったワンイシュー（ひとつだけの争点）で投票させる作戦に乗せられてはいけない。九五年の都知事選で「都市博反対」を謳っただけの青島幸男氏を当選させた過ちを思い出して欲しい。青島都政の四年間は空白というより空疎であった。

さらにつけ加えるならば、たいていの候補者が公約に掲げるであろう、「弱者救済」という耳触りの良い謳い文句に惑わされるなと言いたい。一生懸命働いても生活が苦しいワーキングプア層や、持病や障害があって働けない人々を援助するのは当然だけれど、働ける丈夫な身体を持ちながら働かないホームレスまで助ける必要があるのか。昨年末に渋谷の宮下公園でテント生活をしていたホームレスを区が強制的に閉め出すなど東京五輪に向けてホームレス排除の傾向が強まっている。実にけっこうなことではないか。選挙公約に「ホームレスの一斉排除」を入れる候補者がいないものか。

前回の選挙では、猪瀬氏よりましというだけの理由でドクター中松氏に投票したが、今回は誰にするかまだ迷っている。

結局、バカ殿は悪家老に勝てず、**「いい齢して」**と、恥をかいただけで終わった。そして舛添が都知事になったが、その末路はご存知の通りである。バカ殿は消え、悪家老は切腹こそ免れたものの蟄居（ちっきょ）閉門になった。

私の政治ネタコラム・ベスト3

2005年、『産経新聞』のコラム「断」のレギュラー執筆者として隔週で連載することになった。テーマはなんでもいいというので、5本に1本は政治ネタを書いた。その中から選んだ自信作を読んでいただこう。

勉強してから立候補しろ！

産経新聞／2005年8月24日

今回の衆院選でも、前議員の妻、息子が次々と出馬を表明している。国会議員の仕事は、家族が代わりにできるほど楽なものなのだろうか。

たとえば、町工場の経営者で熟練工でもある父親が急死、または引退したとしよう。経理の仕事をしていた妻や見習い工の息子が跡を継いで、父親と同じような製品が作れるわけがない。工員を嫌って会社勤めをしていた息子ならなおさらだ。プロの技量が求められる職業は、おしなべてそういうものなのである。

その点国会議員は、昨日まで内助の功だけしていた妻やサラリーマンだった息子が跡を継げるのだから、アマチュアでもできる簡単な仕事と言われてもしかたがない。本来、政治家としての能力を選別するのが選挙なのに、ド素人の候補者でも当選させてしまう選挙民にも責任がある。

彼ら彼女らが当選すると、「これからいろいろと勉強したい」などと抜かすが、「勉強してから立候補しろ！」と言いたい。議員歳費は国民の税金だ。税金を使って二世三世の議員を育てる義理など我々にはない。

落語の世界も二世、三世が増えている。しかし、売れっ子は林家三平の息子の正蔵、柳家小さんの孫の花緑、桂米朝の息子の米團治（編注／この記事の当時は小米朝）くらいで、あとの十余人は鳴かず飛ばずだ。それに落語家は前座修業から始め、二つ目、真打と昇進を重ねて地位を得る。何よりも実力の世界である。

国会議員になりたければ秘書、市会議員、県会議員と修業を重ねてから立候補すればいい。下手な二世落語家は客を不愉快にさせるくらいですむが、無能な二世政治家は国を滅ぼしかねない。

共通項は「お坊ちゃん」

産経新聞／2006年9月19日

自民党総裁選を争う3候補の公開討論会を見て思った。「お坊ちゃん学校」といわれる名門中学の生徒会会長選挙みたいだと。

安倍晋三官房長官は行儀の良い典型的なお坊ちゃまだし、谷垣禎一財務相は秀才のお坊ちゃんで、麻生太郎外相はやんちゃなガキ大将のお坊ちゃんだ。タイプは違うが、3人とも育ちが良いので如才がない。

名士や資産家の子息が多く通う有名中学には同じような体質の男子が集まる。しかし、公立の中学に通う我々庶民から見ると、3人ともひ弱で頼りなく思える。小学生時代、一緒に遊んだ経験から、お坊ちゃんの体質を知っているからだ。逆境に弱く、辛抱強さが足らず、不快な状況から逃避する傾向がある。正義感は強いのだが、金持ちの特性で喧嘩をしない。つまり、いざというとき頼りにならない。

また、金の苦労をしたことがないので、貧乏人の苦労や恵まれない人たちの痛みがわからない。先輩の小泉首相がそうだった。

3候補のスローガン「美しい国」（安倍氏）、「絆」（谷垣氏）、「日本の底力」（麻生氏）に関する私の評は、「きれいごとに過ぎる」だ。きれいごとを好み、汚れ仕事を嫌うのもお坊ちゃんの特性といえる。

今回の総裁選は結果がわかっている。にもかかわらず3人は涼しい顔をして政権構想を述べた。茶番劇というより、文化祭のイベント程度の催しにしか思えない。

自民党総裁は総理大臣になる。私は育ちの良くない成金の馬鹿息子よりはお坊ちゃんのほうが好きだが、国の将来を託す気にはなれない。

美しくない日本語

産経新聞／２００６年12月23日

安倍首相は「公家顔」だ。のっぺりした瓜実顔（うりざね）は、首相というより「関白・安倍の晋三」と称したほうがぴったりくるし、官邸より京都の御所が似合う。高市早苗（たかいちさなえ）氏や片山さつき氏みたいなきつい顔をした女性議員が傍（そば）に侍（はべ）ると、彼女たちまで「女官」に見えてくるから不思議だ。

政界で「公家集団」というと、いざという時に頼りにならない根性なしの派閥やグループに対する悪口になる。安倍首相の場合、私はあえて公家でなく「クゲ」とカタカナで表記したい。首相がカタカナ好きだからである。

所信表明演説からして「イノベーション（技術革新）」「インセンティブ（動機づけ）」「ＩＴ（情報技術）インフラ（社会基盤）」などカタカナだらけだった。さらに先日、自ら本部長を務めるＩＴ戦略本部が実現を目指す主な施設のリストを発表した。そこでも「テレワーク推進」「総合情報ポータルサイト」「レセプトの完全オンライン化」など訳のわからないカタカナが混じっていた。

「貴様、それでも日本人か！」とは戦時中に軟弱な男を罵る際の常套文句だったが、そんな時代錯誤的な台詞でなじってみたくなるほど演説や政府発表の文言にカタカナが多い。

私が知るカタカナ好きの人物はたいてい外国に対してコンプレックス、いや劣等感を抱いており、その上はなはだ日本語の表現能力に欠ける。安倍首相も同類とは思いたくないが、自分の言葉でしゃべっているとも思えない。

美しい国を目指す前に、まず自分自身が美しい国語を話すよう心がけたらいかがか。

テレビのニュースを見ていて、安倍首相の顔が出ると反射的にチャンネルを変える。第1章所収の「男の顔」に書いた通り、もともと**のっぺりとした公家面**だったのが、加齢によりむくんだことで以前より**悪相**になった。薄ら笑いを浮かべた顔を見ると吐き気さえ催す。**自己愛が強いマザコンで、批判されるとすぐに切れるのはガキと同じ。**そして、誇大妄想の気味がある。

総理大臣に対して毒舌をふるっても無力感に襲われるだけであるが、機会さえあれば、当人が読んだら怒りまくるような文章を書いてやりたいと思う今日この頃である。

第5章

テレビタレントの場合、大物を完膚なきまでやっつける

大物テレビタレントは弱者ではなく強者だ

テレビタレントに毒舌をふるうのは作法に適(かな)っているか。彼ら、彼女らとてテレビ局に使われる身ではないか。そういう疑問を抱く方もいらっしゃると思う。ただ、テレビタレントといってもピンからキリまであって、大物タレントと引っ張りだこの売れっ子はテレビ局より強い立場にあるから、弱者ではなく強者と私は認識している。

この章では大物タレントをバッサリ斬ったコラムを並べる。まずは黒柳徹子から。『日刊ゲンダイ』の特集、「この〝腐臭番組〟はもう要らない！」に寄稿したものだ。

キーワードは**「老害」**。世の中にはびこる老害だ。社長から会長に成り上がっていっこうに辞める気配がない経営者、個室と秘書を要求する銀行の相談役など、あなたの会社にもいませんか。マスコミでは読売新聞の渡邉恒雄主筆、フジテレビの日枝久(ひえだひさし)会長が老害の代表である。フジの凋落(ちょうらく)の原因は、権力を手放さない日枝の責任だ。

黒柳の場合、一介のタレントなのだから番組も打ち切ればよさそうなものだが、誰もこの老害番組に引導を渡さない。ならば私が渡してやろうという気概で毒舌をふるった。

出演者が小粒になり芸能人や文化人のパブリシティーに成り下がった番組の運命（『徹子の部屋』）

日刊ゲンダイ／２０１０年５月10日

テレビ朝日の看板番組といえば『徹子の部屋』である。先日、35周年記念の特番が放送されたばかりだが、打ち切りの噂が絶えない。黒柳徹子はもともと早口で言葉が聞き取りづらかったのに、高齢のためますます滑舌が悪くなってきた。しかも番組自体に老化現象が起きている。

最近、お笑いタレントをゲストに呼ぶことが多い。連中は自分たちに対する黒柳のとんちんかんな質問、失礼ともとれる態度を笑いものにしている。老人を笑っているみたいで、はなはだ不愉快だ。また、帯番組とあって、芸能人はあらかた出尽くした感もあり、近年は「こんなのまで呼ぶなよ」と言いたくなる日が多い。

連休中は平日より大物のゲストを出すものと思っていたら、３日が矢島美容室、

4日がDAIGOだったのでがっかりした。矢島美容室というのは、とんねるずとDJ OZMAが黒人歌手に扮装した3人組。『とんねるずのみなさんのおかげでした』（フジ）から生まれたユニットで、主演映画が公開中である。以前私は本紙のテレビ評で「スリービックリーズというソウルを歌う女性3人組のスタイルをパクった」と断じた。そんないわく付きのユニットを『徹子の部屋』に出すとは思わなかった。

DAIGOは竹下元首相の孫というのが売りのロックシンガーで、頭が空っぽとあって話が弾まない。15分もたつと黒柳も聞くことがなくなり、とどのつまりが「お好きな食べ物は？」ときたもんだ。トーク番組で好きな食べ物を聞くようになっては末期症状である。それにDAIGOが悪びれず、「焼き肉です」と答えたので失笑。彼もまた、出演するミュージカルの宣伝をした。この番組は芸能人や文化人が歌、芝居、新刊のパブリシティーのために出るものなのだ。

老朽化した部屋は改築するより、いっそ取り壊した方がいい。

「打ち切りの噂が絶えない」と書いてから6年以上経つのに、番組は今も続いている。黒柳はますます滑舌が悪くなり、入れ歯が噛み合わない老人みたいにフガフガして言葉が聞き取れない。それでも自分からは絶対に辞めるとは言わないだろう。

また、『徹子の部屋』の嫌らしいところは、近々亡くなってもおかしくない年齢の有名人を、病気であってもゲストに呼ぶことだ。先年、永六輔と大橋巨泉を2人一緒に呼んだパターンである。スタッフの思惑通り、間もなく2人が亡くなると、「追悼」という形でVTRを流した。そういうあざとい手法が許せない。腐臭だけでなく死臭が漂う番組である。

続いて同じ特集に書いた和田アキ子。私は彼女の歌手としての実力を高く評価しているが、バラエティタレントとしては賞味期限が切れたと考え、こんな毒舌をふるった。

バラエティータレントとして賞味切れの和田アキ子をヨイショするだけの安作り番組（『アッコにおまかせ！』）

日刊ゲンダイ／2010年5月31日

和田アキ子が一流の歌手であるのは誰もが認めることだ。ただ、『アッコにおまかせ！』（TBS）を見る限り、バラエティータレントとしては賞味期限が過ぎたのではと思われる。

還暦を越えた和田のアップを高画質の液晶テレビで見ると、首筋のたるみ、シワ、浮き出た血管など老いが目立つ。歌っている時はまるで気にならないのに、バラエティー番組で若手タレントと並んで映ると、残酷なほどに年齢を感じさせるのだ。

長い間、和田をアシストしてきた峰竜太もまた加齢臭が漂い始めた。家では鬼嫁に、番組では和田に気を使う婿養子みたいな存在がなにやら不憫（ふびん）に思えてきた。23日の放送では久々のドラマ出演（同局の『新参者』）の様子を流した。俳優として評価が低いからしばらく出ていなかったので、それをあたかもトピックスのように取り上げるのはドラマの宣伝以外のなにものでもない。

　番組全体は安直そのもの。前半は芸能ニュースをパネルで紹介して、和田、峰とゲスト連があぁだこうだとご託を並べるだけ。和田は時折暴論と思われる意見を吐くが、たいていが正論である。それにしても、沢尻エリカみたいなスキャンダルタレントについていちいちコメントを述べなきゃならない和田に同情さえ覚える。

　ゲストはマイナータレントばかりで、和田に気を使うことに終始し、気の利いたことが何も言えない。制作費のほとんどが和田のギャラと構成料（台本を書く放送作家を13人も使っている）ではないかと思えるほど、安っぽい作りである。

　後半は6つの漢字が熟語の尻取りになるように並べる漢字ゲームを全員でやっていた。和田はたいして面白くもなさそうで、「もっと楽しませてよ！」とつい本音を漏らした。もっと楽しませて欲しいのは視聴者の方であろう。和田は歌手業に専念したほうがいい。

漏れ聞くところによると、和田は礼儀正しく面倒見が良い人だとか。それでも私は、後輩のタレントや俳優に忠誠心を求める、和田の体育会的体質が嫌いだ。例えば、自分の誕生日や飲み会に、誰が来て誰が来なかったなどを気にするところが。世の中には同じように、部下や取り巻きの忠誠心を試す人がいる。やれ挨拶がないの、話を聞いてないのと口うるさく、忠誠心を示すよう仕向ける者が。多分、自分が周囲の人たちにどう思われているのか気になってたまらないのだ。気を許せる親友がいないから部下や取り巻きを集める。実は孤独で可哀想な人なのかもしれない。

次は『日刊ゲンダイ』の特集、「私の大っ嫌いなテレビ人間」に書いた関口宏。メイン司会の番組では必ず自分が経営する事務所に所属する女性タレントをアシスタントに使う。番組を私物化するようなセコさも大嫌いだ。

俳優くずれのタレントの〝もったいぶった〟顔としゃべり方は我慢ならない

日刊ゲンダイ／1996年8月1日

私が、関口宏が嫌いなのはもったいぶった顔としゃべり方でもっともらしいことを言うからである。「もったいぶる」を辞書で引くと「必要以上に重々しくきどった様子をする」とある。関口は辞書の意味の通りのタレントだ。

あのもったいぶったしゃべり方は何に似ているのかと考えたら、はたと思い当たった。あれは葬式で儀礼的にお悔やみを述べる時の感じに似ている。死を悲しんでもないのに、もっともらしくとうとうと述べるお悔やみで、タテマエばかり重んじる人間特有の偽善のにおいがかぎ取れる。

関口はもともと東宝映画のサラリーマンものに出ていた俳優だった。父親は戦前からの映画スター、佐野周二だから、いわば親の七光りである。しかし、演技力に乏しく、俳優としてはものにならなかった。それがいつのまにかテレビタレントに転向して、今ではすっかり大物扱いされ、自分が司会を務める番組の企画構成や出演者の人選にまで口を出すという。その証拠に、アシスタントの女性は必ずと言っていいほど関口のプロダクションの所属タレントである。

関口というのはそんなに大きな権勢を振るうほどの大物なのだろうか。レギュラー番組は『関口宏のサンデーモーニング』『知ってるつもり?!』『関口宏の東京フレンドパークⅡ』『輝け！噂のテンベストSHOW』の4本で、うち2本が『関口宏の――』と頭に名前が入っている。しかし、どの番組も司会が関口でなければならない必然性はまったくない。

『サンデー――』は1週間のニュースを紹介し、ゲストコメンテーターが解説する番組だが、別に関口でなくても、同じようにもったいぶった福留功男(ふくとめのりお)みたいなアナウンサー上がりのタレントで間に合う。いっそのこと局アナを使ったほうが制作費の節減になろう。

『知ってる――』は関口の偽善性が最も如実に表れる番組だ。毎週1人の人物を取り上げ、その人物の人生を紹介するのだが、関口があのもっともらしい顔で述べるコメントがわざとらしく、嫌らしいったらない。レギュラーコメンテーターが同じように偽善的体質を持つ加山雄三だから、スタジオ内に偽善のにおいが立ちこめる。番組自体は面白いのだから、偽善の2人を切って、司会を徳光和夫あたりにしたら、ずいぶん雰囲気が変わると思うのだが。

『輝け――』は三宅裕司と2人で司会をしている。三宅の相手なら関口よりも若い渡辺正行あたりのほうがぴったりくる。

『東京――』に至ってはだれが司会しても変わらない。生島ヒロシ程度でもつとまりそうだ。

以上のどの番組も関口でなければ視聴率が取れないと思い込んでいるのは、テレビ局とスポンサーだけではないのか。関口が久米宏や筑紫哲也みたいに長期の夏休みを取らないのは、代役が司会しても視聴率が変わらなかったらやばいと思っているからではなかろうか。私はそのように勘ぐっている。

この当時と比べると、さすがにレギュラー番組が減ったが、『サンデーモーニング』だけは続いている。関口とコメンテーターの爺さんたちが居並ぶと、腐臭でなく加齢臭が漂う。「クサ〜」。

タイトルに名前が入る冠番組の場合、ビートたけし、タモリ、明石家さんま、皆呼び捨てなのに、どうして所ジョージは『所さんの〜』というタイトルなのか。なぜこいつだけが「さん」付けなのか、さっぱりワケがわからない。

所ジョージの小市民的かっこわるさ

オール讀物／1996年8月号

所ジョージのテレビにおける露出度の高さは、たけし、さんま、タモリをも上回る。特にコマーシャルで頻繁に顔を出すのでいささかうっとうしい。この手の気のいいアンちゃん風タレントが大衆に好まれるのは理解できるが、所が若者に「かっこいいおじさん」と思われ、同世代からは「あんな生き方をしたい」とあこがれの目で見られ、若い女性たちが選ぶ「結婚したい男性」の上位にランクされるといった記事を読むと、「おい、ちょっと待てよ」と言いたくなる。

所ジョージはマルチタレントと言われる。歌手としてはアルバムを十四枚出し、俳優としては黒澤明監督作品の『まあだだよ』に出演、単行本はなんと四十七冊も刊行している。その他、『ライトニング』という月刊誌を主宰、イラストも描く。でも、それらのどれひとつとして秀でたものはなく、器用貧乏の見本みたいなものといっていい。自ら「芸が無い」と開き直っているようだが、確かに歌はうまくないし、演技は歌以上に下手だ。

『まあだだよ』にしても黒澤にしては珍しい眼鏡違いのミスキャストで、映画の中では本職の俳優に囲まれて浮いていた。テレビドラマでは昨年名作の『私は貝になりたい』のリメイク版に主演したが、これがひどかった。存在感がないのはしかたないとして、致命的だったのは、シリアスな場面の直後に、所が出ているスナック菓子とガソリンスタンドのコマーシャルが流れたことだ。TBSの営業担当も無神経なのだが、コマーシャルタレントの宿命とも言える。コマーシャリズムに魂を売り渡したタレントがシリアスな役をやっても、見る者を感動などさせられないのだ。くしくも先日、故人となったフランキー堺の追悼特別番組で『私は～』を再放送した。芸のある役者の代表みたいなフランキーと比べるのは失礼とは思うけれど、その差は歴然としていた。

また、所は多趣味で有名で車、ゴルフ、キャンプからスノーボード、サバイバルゲームまで広きにわたる。所が趣味について語ったインタビュー記事を読むと、彼にとって遊びは仕事と対になっているのがわかる。つまり、遊びでさえも仕事と同じように、勤勉に〝従事〟しているのだ。何かに追い立てられるかのように趣味に興じる。これは「貧乏性の多趣味」で、遊びでかかった費用もきっちり領収証をもらい、事務所の必要経費で落としているのではとさえ思える。

『マジカル頭脳パワー!!』というクイズ番組で、「マジカルバナナ」なる子供じみたゲームに熱中する所のどこがかっこいいのか。仕事ぶりにしても趣味の楽しみ方にしても、男の美学のかけらもなく、小市民的なかっこわるさを感じる。若者が所のような小市民的タレントにあこがれるとしたら、それはとっても寂しいことではないか。

恩を受け、世話になった人は批判しないのも作法

私は所ジョージの**呆け面**を見ると、とたんに気分が悪くなる。だから出演番組は見ないようにしているが、困るのはコマーシャルだ。所は何本も出ているので、うっかり民放にチャンネルを合わせると、見たくなくても所の顔を見てしまう。私が民放を見ない理由のひとつはＣＭに嫌いなタレントが突然現われるからだ。

その他、大物タレントとしては、タモリの『笑っていいとも！』が放送中、「早く打ち切るべし」と激しく批判したし、島田紳助は引退する直前まで度々叩いた。すると、

「どうしてビートたけしを叩かないのか」という批判がネット上で流れたらしい。私はビートたけしがツービートとして漫才をやっていた時代、一緒に仕事をしており大きな恩を受けた。恩人を叩いたら恩知らずになってしまう。一度でも恩を受けたり世話になった人は批判しない。これも毒舌の作法である。

第6章

俗悪番組と不見識なタレントは、モグラ叩きのように何度も叩く

現在も変わらない番組、生き延びている不見識なタレントたち

『日刊ゲンダイ』で週一連載のテレビ評、「TV見たまま思ったまま」は1997年3月から始まり、2011年12月まで15年近く続いた。長い作家生活の中で、連載の最長記録である。番組内容だけではなく、タレント、俳優、キャスター、コメンテーターなど出演者にも毒を撒き散らした。

この章では2007年~10年に書いたコラムの中から、現在も変わらない番組、生き延びている不見識なタレントを叩いたものを集めてみた。通して読んでもらえれば、私がテレビに対してどういうスタンスで毒舌をふるったかがわかるだろう。

安藤がママ、クリステルがチーママ、桜井が大ママ

日刊ゲンダイ／2007年4月25日

4月スタートの『新報道プレミアA』（フジ）は、日曜の夜にふさわしいダレた気分の報道番組である。司会がベテランの安藤優子と新鋭の滝川クリステルというフジの看板キャスターで、大ベテランの桜井よしこがコメンテーターで加わるとあって話題を呼んだが看板倒れだ。

「女子アナ＝ホステス説」を唱える私としては、3人が並ぶショットを見て、日曜に営業している飲み屋みたいだと思った。老舗のクラブのママ（安藤）と新興クラブのチーママ（滝川）が共同で新しい店を出し、そこに水商売を隠退した大ママ（桜井）が遊びに来ているといった図なのだ。15日の放送はゲストコメンテーターの児玉清が3人と顔なじみの常連客のように見えた。

日曜日だから、3人とも普段着でくつろいでいる。ただ、くつろぐあまり緊張感

に欠ける。バラエティー番組みたいなぬるま湯的感覚とでもいうか。北朝鮮などの特集も取って付けたようなメニューで、これじゃ高い飲み代はとれない。

ママとチーママがもっと張り合って、それを大ママがたしなめるような見せ場がなければ、たとえ日曜とはいえ客は付かない。どうせのことなら平日に、安藤ママとクリステルチーママの店をはしごしたほうがいい。

そういえば、往年のヒット曲にこんな題名の歌があったっけ。

「日曜はダメよ」

30歳過ぎると商品価値が下がる、女子アナ＝ホステス説

「女子アナ＝ホステス説」は以前から唱えていた。30歳過ぎると商品価値が下がり、店に残ってチーママになる（局アナを続ける）か、独立して自分の店を持つ（フリーのタレントになる）かの選択をしなければならないという点が似ているからだ。

年々、アイドルみたいに扱われる女子アナが増えてきたが、視聴者というお客に媚(こび)を売り、黒服のマネージャー（プロデューサー）のご機嫌を取るのはホステスと変わらない。

ワイドショーにおけるコメンテーターと司会者を叩いたのが次の2本。

ワイドショーのコメンテーターに弁護士、医者、大学教授はいらない

日刊ゲンダイ／2007年7月4日

近頃、ワイドショーにコメンテーターとして弁護士、医者、大学教授が出演する。彼ら、彼女らは自分の専門外の問題について、したり顔でコメントする。たいていがありきたりの感想、批判の域を脱しない。中には不快な人物さえいる。

朝ワイドの『スーパーモーニング』（テレビ朝日）には中村伊知哉という慶応大学の教授が出ていた。

経歴の紹介テロップには、「元郵政省、登別郵便局長からMIT客員教授、ロックバンドの経験も」とある。

何が専門だか知らないが、ピンクのスリーピースに白の蝶ネクタイという珍妙な格好をしている。ひと昔前の歌謡ショーの司会者みたいで、梅雨の時季、見ているだけで暑苦しい。

「慶応の教授だけど、こんな格好もするんだぜ」という受け狙いだとしたら、見事に外している。

当然コメントに切れがなく、成績を付けるなら「不可」。

また、番組のホームドクターと称して登場した木下博勝という医者は、「ジャガー横田の夫」と紹介されていた。女房の七光りでテレビに出るのがうれしくてたまらない様子だ。

胃腸病が専門らしいが、その風貌と話し方の軽薄さから説得力に欠ける。脳出血予防の話をしても常識の範囲の話に終始し参考にならない。
医者、弁護士、大学教授は一切出さないというワイドショーはないのだろうか。
テレビ局に見識を求めるのは無理か。

胃がムカムカしてくる最悪のワイド『スッキリ!!』

日刊ゲンダイ／2007年11月21日

一日も早く打ち切って欲しい番組は山ほどあるが、朝ワイドの『スッキリ!!』（日本テレビ）は真っ先に挙げられる。

司会の加藤浩次の腫れぼったいむくんだような顔と、アメリカの売れないコメディアンみたいな風体のテリー伊藤のツーショットを見ると、質の悪い油で揚げた天ぷらを食べたみたいな気分になり胃散が欲しくなる。よくも『スッキリ!!』などと言えたものだ。ニュースに関する2人のコメントはありきたりで、シャープさ、面白み、けれんみに欠ける。それは見識がないからであろう。おまけに2人揃って口跡がよくないので、何を言ってるのか聞きとれないことがある。

放送中によく飲食する番組で、15日はボジョレ・ヌーボーのワインをテイストする際、加藤が口に含んだワインを吐き出してこぼした。それを見たテリーが「きたねえ！」だと。言葉遣いも汚い。

番組内容もお粗末だ。16日は「話題の林家一家、渦中のあの人に突撃取材!!」と出たので、小朝と離婚した泰葉が出るのかと思ったら弟のいっ平が出てきた。ひたすら騒々しく、しゃべりが稚拙で笑えない。こんなのが三平を襲名するのだ。

日テレは昔から林家一家を落語界の名門のように扱うが大きな間違いで、三平の名声にすがりマスコミを利用して生き延びようとする不慣な一族にすぎない。

10年ほど前、あるワイドショーからコメンテーターとして出てくれと依頼されたことがある。しかし、ワイドショーを批判している私が出るわけにはいかない。それこそ守らねばならない大事な作法で、もし出たとしたら読者に対する裏切り行為になると思い、依頼を断った。

テレビドラマの中で最も忌み嫌う作品

テレビドラマも数え切れないくらい批評した。なにせ3ヵ月ごとに新作の連続ドラマが10本以上もあるので、そのうち2、3本を取り上げて論じているうちに、また次の新作が始まる。良質なドラマは褒め称え、駄作は叩いた。ドラマの中で私が最も忌み嫌う作品を評したのがこれだ。

何から何まで気持ち悪い『渡る世間は鬼ばかり』

日刊ゲンダイ／２００８年４月30日

テレビを見ていて気持ち悪くなる時がある。私の体質に合わないのは、『橋田壽賀子ドラマ・渡る世間は鬼ばかり』（ＴＢＳ）だ。

さすがに第９シリーズの初回２時間スペシャルは見る気がしなかったので、24日放送の４回目を見た。橋田ワールドは昭和の頃とまるで変わっていなかった。

最初に気持ち悪くなったのは、大人たちが子供の前で家庭の事情や経済的なことを話す場面だ。子供に聞かせる話じゃないのに延々と語る。橋田特有の長ぜりふを聞いているうち、車に酔ったような気分になった。

えなりかずきの優等生ぶりも気持ち悪い。東大の４年生で複数の一流企業から内定をもらい、おまけに家庭教師先の美人の社長令嬢と恋愛関係になる。将来令嬢と結婚するなら、彼女の父親の会社に入って後継者になることが必定。自分が望む企

業に就職するか、愛する女性との結婚をとるか、あの顔で悩む。

悩むならもっと他のことで悩んで欲しい。たとえば性悪女を愛してしまったとか、ギャンブルにはまって消費者金融で借金して返済に苦しむとか。そうでなくては「鬼ばかり」にならない。

好感度の高い女優が一人も出ず、泉ピン子をはじめ不器量な女優が大勢出ているのも気持ち悪い。

視聴率がふたケタもあるのだから、毎週見ている人も多いのだ。その現実が一番気持ち悪い。


日本とアメリカのドラマを比較すると、明らかに日本が劣っている。ケーブルテレビで毎日アメリカ製ドラマを見ている私が断言する。『渡る世間は～』のようなホームドラマが長く続いていることだけでも、和製のレベルの低さが証明される。とにかくこのドラマは**気持ちが悪い**。プロデューサーの石井ふく子、脚本家の橋田壽賀子、それに泉

ピン子らレギュラー出演者が「ファミリー」と言われているのも気持ちが悪い。タイトルを『渡る世間は鬼婆』にしたらいいのにと思う。

オネエキャラは「薄気味悪い」

オカマやゲイが「オネエキャラ」と呼ばれて、テレビ界で市民権を得たのはいつ頃からだろうか。たしか、おすぎとピーコという双子のオカマが先駆けだったと記憶する。ただ、この2人には映画とファッションという専門分野があり、歯に衣着せぬ毒舌評論が「しゃべる芸」になっていた。ところが、昨今バラエティに出ている連中ときたら、ただ姦しく騒々しいだけなのだ。面白い、つまらないと評する以前に見た目が**薄気味悪い**。ちなみに、東京では**「薄」**という接頭語を付けると、侮蔑語がより強調される。「馬鹿野郎」より**「薄馬鹿野郎」**、「汚い」より**「薄汚い」**、「みっともない」より**「薄みっともない」**と言ったほうが効き目があるので、毒舌用語として覚えておくといい。

人気絶頂の嵐をキズつけた汚れオカマ集団

日刊ゲンダイ／2010年7月7日

平日の夜7～8時、中高年男性は家に居ても食事中かニュースや衛星放送のスポーツ中継を見ている方が多いと思う。そんな時間、民放では愚にもつかないバラエティーを垂れ流している。

1日放送の『VS嵐』（フジ系）を見て呆れ返った。嵐は現在人気絶頂のグループであり、メンバーの中には俳優として評価の高い者もいる。だからこそ、バラエティーでも品格を下げることのないよう気遣うべきだが、この夜はゲームの相手になるチームメンバーが悪かった。IKKOをリーダーとするオネエ集団、真島茂樹、クリス松村、KABA.ちゃん、マロン、深海・広海の7人。よくもこれだけのヨゴレのオカマを集めたもので、食事中に見ていたら飯がまずくなりそうだ。

この連中がはしゃぎまくるので、スタジオはたちまちオカマバーと化した。IK

KOは「どんだけ～！」「おごと～！」と意味不明の言語を連発し、わいせつで下品なオーラをまき散らす。酒場で酔っぱらっているならともかく、シラフで冷静に見ていると、ただ薄気味悪いだけである。

こういう人種を面白がる視聴者が多いのはわかる。ただ、同じ数だけ嫌悪感を抱く人もいるということをテレビ局は認識して欲しい。この連中がよく使われるのは、業界人にオネエ好きが多いからではなかろうか。私は嫌煙権ならぬ、嫌オネエ権を主張したい。

見た目が薄汚いオネエ集団はテレビに出してほしくない。私が唯一認める女装タレントはマツコ・デラックスだけである。彼、いや彼女については次章で述べる。

マスコミは歌舞伎役者を「名門」とか「梨園の御曹司」ともてはやすな

マスコミは歌舞伎役者を「名門」とか「梨園の御曹司」ともてはやす。私も歌舞伎ファンであるが、役者はそれほど大層な存在ではない。もともと身分が低かったのを、江戸時代中期、役者を贔屓(ひいき)にしていた幕府のお偉方が、せめて商人と同等の身分にしてやろうと「屋号」を名乗ることを許し、「音羽屋」とか「成駒屋」「中村屋」といった屋号が付いたわけだ。さらに明治中期、天覧歌舞伎が実現したことでようやく市民権を得たのである。

それが平成の世になると、まるでロイヤルファミリーのように扱われ、婚約、結婚、妊娠、出産はもちろん、離婚、不倫まで大きなニュースとして取り上げられる。**役者がする浮気と隠し子問題などは見て見ぬ振りをしてやればいい**のに。次のコラムでは海老蔵の結婚式を長時間放送した日テレを激しく批判した。

一芸人の結婚披露宴を延々と流した日テレの不見識

日刊ゲンダイ／２０１０年８月４日

市川海老蔵と小林麻央の結婚式、披露宴を独占放送した日本テレビの不見識には呆れ果てた。

テレビ業界が歌舞伎役者の一家をあたかもロイヤルファミリーのごとく扱うのは今に始まった話ではないが、今回はいくらなんでも度が過ぎる。

日テレは麻央が『ＮＥＷＳ ＺＥＲＯ』のサブキャスターだった縁から独占中継の権利を得たこともあって、彼女をプリンセスみたいに扱って持ち上げたのだ。

結婚式前夜、同番組では市川家と麻央がホテルで披露宴に出す料理の試食をする映像を流し、11分30秒にわたって式と披露宴の模様を放送した。試食会や翌日放送する特別番組の予告などニュースで取り上げることではない。身贔屓（みびいき）、内輪ぼめもいいかげんにして欲しい。

芸能人が結婚という私事のイベントを、テレビ局にプライバシーごと売り渡す。ド派手な披露宴中継といえば、古くは郷ひろみと二谷友里恵、新しいところでは陣内智則と藤原紀香を思い出す。いずれも短期のうちに離婚した。ザマはない。それにしても、2時間半の披露宴中継はテレビの公共性が問われよう。

今回一番問題なのはニュース番組で何度も取り上げたことで、村尾信尚（むらおのぶたか）キャスターは今後どの面下げてニュースを報じるのか。少なくとも私は死ぬまで『NEWS ZERO』を見ない。誰が見るもんか。

放蕩息子の罰

海老蔵という役者が何十年にひとりしか出ない逸材で、スケールが大きい華のある役者であることは認める。しかし、あまりに**行儀が悪過ぎる。多分躾（しつけ）が悪かったのだろう。**

父親の十二代目市川團十郎より祖父の十一代目のほうを尊敬していることからして**大き**

な了見違いだ。そういえば、安倍首相も父の晋太郎より祖父の岸信介を尊敬している。所帯を持って少しは落ち着くかと思われた海老蔵だが、放蕩息子の了見はまるで改まってなかった。西麻布の飲み屋で元暴走族のメンバーに殴られ、あわや失明しそうになった事件は記憶に新しい。その後も祇園の芸妓と浮き名を流すなど、女癖の悪さは直っていない。麻央夫人が乳ガンにかかってようやく目が覚め、家族を大事にするようになったように見える。市川宗家が次々と災厄に見舞われるのは、彼の行状が悪いせいで罰が当たったとしか思えない。つまりは**「不徳の致すところ」**なのである。

俗悪番組の退治の仕方

俗悪番組は諦めずにしつこく叩くことが肝要である。制作スタッフの名前を出したこともあったし、番組を提供したスポンサーの社名を出して、その会社の製品の不買運動を呼びかけたこともあった。そのくらいしないと、テレビ局はこたえない。

読者の方々もテレビを見ながら、「下らねえ」と呟いたことがあるだろう。下らないで済めばいいけれど、世に害をなす俗悪番組もある。あまりにひどいと思った場合、テレビ局に電話をして文句をつけても無駄です。番組のスポンサーの宣伝部に電話して、「お宅の会社はあんなひどい番組を提供しているのか。お宅の製品は二度と買わないから」と怒るか、社長宛てに手紙を書くと効果があるかもしれない。何か行動を起こさないと視聴者はなめられたままで、テレビはますます付け上がってひどくなるばかり。

『日刊ゲンダイ』のコラムでは、当初3回に1回は良質な番組を褒めて推奨していたが、そのうち褒めるのが4回に1回になり、最後は5回に1回になった。年々番組の質が低下してきており、批評するためだけに愚にもつかない番組を見るのが苦痛になって、こちらから申し出て連載を打ち切った。

「海老名家の人々」が嫌いなわけ

私が度々やり玉に上げたのは「海老名家の人々」である。海老フライは好きなのに、海老蔵と海老名家は嫌いだ。

まず、家長の海老名香葉子のやることなすことが**偽善的**で嫌いなのだ。長女の美どりはスピッツみたいに**小うるさい**し、次女の泰葉は小朝との離婚騒動でおかしくなって、精神状態が不安定なまま芸能活動を再開した。長男の林家正蔵については後述する。

問題は次男の三平で、父親の名前を継いで派手な披露目をしたまではよかったが鳴かず飛ばず。ようやく『笑点』の大喜利メンバーに入って面目を保った。これだって母親が長い間かけて築いた日本テレビ局員との人間関係に依るもので、当人の実力が認められたわけではない。

だから、三平が『笑点』大喜利にレギュラー入りすると決まった時『日刊ゲンダイ』からコメントを求められた私は、**「コネ入社だ」**と断言したらそれが見出しになった。テレビ局に国会議員、有名タレント、スポンサー企業の社長のバカ息子、バカ娘が親のコネで入社するケースは多々ある。真っ正直に就職試験を受けた方々は理不尽と思うだろう。それに似た腹立たしさを感じさせるのがこの一家なのだ。

私が二世を批判する時に使うキーワードは**「へなちょこ」**。見るからにひ弱そうで、実際にひ弱で、攻撃されると泣いて親に言いつける。あなたの会社にも三平みたいな奴がいたら、「へなちょこ」と茶化しておやんなさい。

海老名家と聞いただけで顔をしかめる私だが、長男の正蔵だけは違う。こぶ平時代に、浮気がバレて記者会見をした（母親にさせられた？）ことを受け、こんな文章を書いた。

こぶ平、浮気なんぞでペコペコするな

週刊文春／１９９７年１月16日号

なんだ、そこにいるのはこぶじゃねえか。どうした、しょんぼりして。またおっかさんに締め出し食ったのか。ああ、あの浮気がばれた一件だな。スポーツ新聞で読んだよ。まあ、そこじゃ話もできねえから、こっちに上がって座んな。おじさん、おめえに言いてえことが山ほどあるんだ。

まったく、あのザマはなんだ。新聞記者やテレビのレポーターどもに囲まれたぐれえでおたおたしやがって。芸人が女と遊んでどこが悪いって顔をして、堂々と胸を張ってろ。落語家なら冗談(シャレ)で煙(けむ)に巻け。それをぺこぺこ謝って、「どーもすいません」なんて死んだ親父の骨董品並みのギャグを使って、みっともねえったらありゃしねえ。あの世で親父の三平がさぞかし嘆いてることだろうよ。

まあ、偉大な父親の跡を継いだ息子は人一倍苦労するのが世の常だ。おめえの苦労もわからねえじゃねえが、芸界にゃ父親を乗り越えて立派にやってる人はいくらでもいらあ。落語界じゃ志ん朝がそうだし、北大路欣也、田村正和、緒形直人、みんな親父は偉い俳優だ。おめえもそろそろなんとかなってもいいころなんだがな。そう言やァ、似たような不肖の息子の長嶋一茂がジャイアンツを自由契約になったけど、おめえもそろそろ落語協会を自由契約になるんじゃねえのか？……冗談だよ、冗談。ふくれっ面するなって。

おじさんはな、おめえのおっかさんと違って話がわかるんだ。女遊び、けっこう。芸人にとって色事は芸の肥やしよ。高座に色気が出るってもんだ。色女の一人や二人囲ってみろ。

ただな、色事には相手を選べ。こんどの相手は元風俗嬢だってえが、早い話が安女郎だろうが。同じ女郎なら松の位の太夫職、吉原のなになに太夫といった花魁と浮き名を流してみねえ。たとえば貴乃花や勘九郎と浮き名を流した宮沢太夫とか、真田なんとかという色男に身請けされた葉月太夫、ああいうのを相手にしなくっちゃな。なに？　あの二人は女郎じゃなくて女優だ？

とにかく、いい女に惚れられる甲斐性がなかったら、女遊びは控えて芸に精進するこった。おめえの義兄を見習ってな。義兄たってスピッツみてえにキャンキャン吠える美どりの亭主の峰竜太じゃねえぞ。出来のいいほうの姉ちゃんの泰葉、その亭主の小朝だ。あいつァ噺はうめえし了見もいい。寄席に出れば客は正直だ。開演前から行列ができて大入り満員よ。

それに比べて近ごろのおめえはなんだ！　噺の稽古をしてんのか。勉強会もしばらくやってねえだろう。原宿の小せえホールで毎月勉強会をやっていたころの情熱はどこへいった。寄席にも出ねえで、下らねえテレビにばっかり出やがって。

忘れもしねえ、一昨年の大晦日だ。こともあろうに薄汚え安女郎みてえな女と野球拳をやって負かされて、裸になってたな。おおつごもりの夜に一人前の落語家が、何が悲しくって裸をさらさなきゃならねえんだ。おいらァ、情けなくって涙が出たわ。

銭は稼いでいるらしいが、いい気になるなよ。芸人はいくら稼いだかでなく、なんで稼いだかが問題でな。ろくでもねえ仕事で稼ぐ億の金より噺で稼ぐ百の金。男の値打ちは収入の高低でなく志の高低で決まる。銭を稼ぎさえすりゃ偉えと思ってるなら、とんでもねえ了見違えだ。男として、芸人として、もっと高い志を持て。

　おめえはもともと芸質（げいだち）がいい。芸人の愛嬌もある。将来は林家三平でなく、祖父（じい）さんの大名跡（みょうせき）、林家正蔵を継ぐべき噺家じゃねえか。なのに落語をおろそかにしてバカばかりしてるから、こうして小言のひとつも言われなくっちゃならねえ。心を入れ替えて落語に打ち込むと約束するなら、おじさんはいくらでも応援するし、後ろ盾にもなろうってもんだ。これからのおめえの了見次第で、おいらァ鬼にもなるし仏にもなるんだぞ。

　わかったか？　わかったらもう泣くな。涙を拭け。腹は減ってねえか？　おい、ばあさん。こぶに飯ィ食わしてやんな。


　これは古典落語『唐茄子屋政談』のパロディで、道楽者の若旦那に意見する叔父さんの口調で書いた。その後、こぶ平は正蔵を襲名したのをきっかけに、真摯に落語と取り組むようになり実力をつけてきた。といっても、立川流の談春や志らくと比べるとまだまだであるが。現在は落語協会副会長の要職を立派に務め、寄席にもまめに出演していると聞く。海老名家の中では唯一真っ当な人生を送っていると評価したい。

第7章

私が尊敬する毒舌の達人たち

毒舌の先駆けは立川談志だった

私は落語立川流家元、立川談志に心酔し、亡くなるまでの8年間、立川流の顧問として仕えた。家元が毒舌家として名を馳せたのは皆が知るところだ。若い頃に世間を騒がせたのが「キセルの勧め」で、当時の国鉄（現ＪＲ）の運賃が高過ぎるから国民はキセル（不正乗車）をすべきだと呼びかけた。その他、数々の毒舌エッセイを書いて物議を醸した。

家元は啖呵（たんか）が切れる落語家だった。「大工調べ」「三方一両損」「五人回し」などの噺には江戸っ子が啖呵を切る場面が出てくるが、家元が演じると、それは胸のすくような見事な啖呵であった。私が辛口エッセイを書く際、家元の啖呵のリズムで書くことがよくある。文章の歯切れが良いとか、テンポが良いと褒められたのは家元のお陰である。

晩年は大病（肝臓疾患と咽頭（いんとう）ガン）を患ったこともあって、ずいぶん丸くなったが、高座に上がると、まくらの漫談で毒舌をふるった。社会時評、芸能、スポーツ、政治や国際情勢を語ることもあった。その中で印象に残っているフレーズを紹介する。

「北方領土なんかいらねえ。それより満州を返せ！」

「アメリカ大統領よりビン・ラディンのほうが品のいい顔してる」

当時の米大統領はジョージ・W・ブッシュだった。

「神は罪を憎まない。むしろ、罪のバレる間抜けさを憎む」

寸鉄人を刺すが如き、短いセンテンスも多い。

「アメリカ人は信用できない」

「馬鹿は隣の火事より怖い」

「学問は貧乏人の暇つぶし」

「運動は身体に悪い」

暴論とも取れるが、真理を突いている面もある。

また、毒舌をふるった逸話を多く残す。

家元が珍しくバラエティ番組に出演することになった。スタジオに行くと、同じゲスト席にデヴィ夫人が座っていた。家元は、「あの女と一緒じゃ出ない」と言い捨てて帰ってしまった。あとで理由を聞かれるとこう言った。

「あの女と一緒にいるだけでチンポコが腐りそうになる」

私は家元からこの話を聞いて笑った。

「それ当人には言いづらいですね。『談志さん、どうして帰っちゃったの』と聞かれて、『あなたといるとチンポコが腐りそうな気がするそうです』なんて言えませんもの」

「そりゃそうだ」と家元も笑った。


先に紹介した「馬鹿は隣の火事より怖い」に関してはこんな実話がある。

立川流の落語家たちを贔屓(ひいき)にしているお寿司屋さんがあって、長いこと店内で定期的に落語会を開いてくれた。ところが、隣家からのもらい火で店が全焼してしまった。建て直して営業を再開すると同時に落語会を開いた。その会に家元は特別出演した。見に出かけたら、開店祝いに送った家元の書が手拭に染め抜かれ、額に入って飾られていた。

その文句がふるっている。

馬鹿ァ隣の火事より怖い
とは家元よく使う文句だが
その馬鹿が隣に住んでいて
モロに火事を出しやがった
おお怖ァ　恐ろしや

見事な毒舌である。それにしても、これを手拭に染め抜いて客に配った店主も偉い。


ホーキング青山というお笑い芸人がいる。彼は障害者で車椅子を使っている。家元の大ファンで、よく独演会を見にきていた。終演後、出入り口で家元を待つほどのファンだ。家元はそれをわかっていて必ず彼に声をかけた。ある時、肥満の青山君に言った。

「お前、運動不足なんじゃないか」

青山君は満面の笑みを浮かべた。家元に冗談を言われたのがよほど嬉しかったと見える。

愛弟子の立川文都が末期ガンと闘っていた時のこと。私が見舞いに行くと、文都が入院中、携帯電話に入った家元のメッセージを聞かせてくれた。

「元気か？　ま、元気じゃねえからそこにいるんだろうが……。死ぬのか？　人間、そう簡単には死ねねえぞ。俺がいい見本だ。何か俺にしてほしいことがあったら言ってくれ。できることならなんでもやってやる」

慰めや励ましの言葉ではなく、末期ガン患者に**「死ぬのか？」**と問う非常識さが毒舌っぽいが、その裏には優しさと愛情が垣間見える。何度も聞いたはずなのに、文都の目が潤んでいた。私の顔は泣き笑いになった。文都はそれから3ヵ月もたたないうちに亡くなった。

障害者を笑わせ、ガン患者を感動させる毒舌は家元にしか言えない。

野末陳平の毒舌はいまだ健在である

現在、私が敬意を込めて「先生」と呼んでいるのは野末陳平先生だけである。先生は毎週ランチをご馳走してくれる有難い「飯友（めしとも）」で、食事のあとのおしゃべりがまた楽しい。それは毒舌がいまだ健在だからだ。

若い頃は毒舌家で鳴らし、サングラスというより黒メガネがトレードマークでテレビ、ラジオに大活躍するマスコミの寵児だった。1971年、当時の参議院全国区に立候補して当選、政界引退後は大正大学の教授になり、MXテレビの『談志・陳平の言いたい放だい』に出演、家元の毒舌をたしなめる役どころだった。

家元が亡くなってからは一切マスコミに顔を出していない。その理由は、「陳平も歳をとったなあと言われるのが嫌だし、もう面倒くさいから」だと言う。今でもテレビ、ラジオの出演依頼はあるし、野坂昭如（あきゆき）、永六輔、大橋巨泉などの同世代の有名人が亡くなると、必ずテレビ局から取材の申し込みがあるが、それさえも断っていた。出ないと決めたら一切出ない。この潔さと頑固さが好きだ。

自分自身が老人だからこそ「老害」と言われる人物に対して**「いい歳をしてみっともない」**と毒舌をふるう。老醜を晒してテレビに出ているタレント、ネタ切れなのに週刊誌の連載をやめない老大家、当然老政治家にも厳しい。小沢一郎など先生にかかったらケチョンケチョンである。現在85歳、自分よりも年上の国会議員はいなくなったし、テレビタレントも年下ばかりだ。怖い物無しの長老の毒舌は耳を傾ける価値がある。

長い間マスコミと政界で活躍できたのは、毒舌をふるっても人に愛される愛嬌があったからだと思う。これは談志師匠と共通する。私みたいに愛嬌がない人間は見習うべき点で、読者諸兄も愛嬌があると毒舌家でも愛されることを覚えておいていただきたい。

独り暮らしの先生は毎日のように友人とランチを共にする。私も飯友のひとりで、立川流の落語家、立川志らららく次もそうだ。40歳前後の落語家と友だちのように話す。だから85歳には見えないのだろう。2人の落語家は自分たちの会に先生をトークゲストに招き、先生をネタにして客に受けたとか。その会のタイトルが、「どっこい生きてる野末陳平（84歳）が志らら・らく次と喋る今と昔」だった。先生は苦笑していたが。

先生は現在、回顧録というべき本を執筆している。芸能人、政治家、文化人、さまざまな分野の有名人が大勢登場するらしいので、辛辣な人物評もあるだろう。今から刊行を楽しみにしている。

ビートたけしの毒舌は、同時に己を笑いものにしていた

ツービートの漫才を初めて見た時の衝撃は今もよく覚えている。1978年のことだから、40年近く前の話だ。ビートたけしのテンポのよいしゃべりもさりながら、ブラックユーモアのネタばかりだったことが衝撃だった。よく受けていたネタは相棒のビートきよしの出身地に関わる〝山形差別〟と、〝ブスいじめ〟、そして〝老人いびり〟である。

「山形にはまだ飛行機を見たことのない人が多く、飛行機が飛んでくると皆で空を見上げて拝む」

「交通標識が『気をつけよう、牛は急に止まってくれない』だ」

「ブスは外出する際、必ず警察の許可を得なければならない」

「ブスは皇居から半径10キロメートル以内に入ってはならない。ただし、日曜祭日のブス天国は除く」

「気をつけよう。ブスが痴漢を待っている」

「婆さんに近道を教えてやったら、高速道路を歩いて行った」

「寝たきりの爺に見せるエロ写真」

「爺さんの顔でもみ消すタバコの火」

「寝る前にちゃんと締めよう親の首」

有名になった「赤信号みんなで渡れば怖くない」は、「赤信号婆さん盾に渡りましょう」「気にするなどうせ婆さん先がない」「手を上げて横断歩道で死んでいた」という標語ネタのひとつである。

地方を差別し、女性の容姿を笑いものにして老人をいびる。どれも毒舌の作法に外れている。なのにどうして受けたか、なぜ私が絶賛したかというと、たけしが作るネタは己さえも笑いものにしていたからだ。

たけしの出身地、足立区は東京23区の中では他の区から差別されている地域である。

生活保護家庭が一番多い区だとか、高所得者が少ないとか。自分の出身地が差別されている。従って、山形を馬鹿にしても「俺だって足立区だから」という開き直りがあったから許されたと思う。

ブスのネタにしても、たけしは「自分は醜男だ」と思い込んでいる節があった。現在は実に味のある風貌で風格が出てきたが、漫才師時代は猪首、ガニ股でお世辞にも格好よくなかった。当人もその自覚があり、ブスを笑う自分だって醜男だから「目クソ鼻クソ」なのである。もしたけしがイケメンだったら、ブスネタはやらなかったろう。

年寄りいびりについては、自分の母親を「うちのババア」と呼んでネタにしたあとにやるから、「年寄りを馬鹿にするな」と言われたら「俺の母親のことだ」と開き直れる。つまり、すべてが己と身内を嗤（わら）う自虐的なネタだから許されたのである。

たけしは漫才コンビを解散した後、ラジオの深夜放送番組に舞台を移して大いに毒舌をふるった。パーソナリティーを務めた伝説の『オールナイトニッポン』である。テレビのバラエティでは〝タケちゃんマン〟など道化を演じた。バイク事故を起こして生死の境をさ迷ったが幸いにも快復した。その後は映画監督としても多大な実績を残し、今や「世界の北野」と言われるほどだ。

現在は『ビートたけしのテレビタックル』（テレビ朝日）、『新・情報7DAYSニュースキャスター』（TBS）などの報道番組にレギュラー出演し、時折漫才時代を思い出させる毒舌を吐いている。

今ナンシー関が生きていたらと思う

ナンシー関は2002年6月に早世した。その翌年2月、河出書房新社から『トリビュート特集・ナンシー関』というムック本が刊行された。そこに追悼のエッセイを書いた。大好きな人が亡くなると、その人がいかに凄い存在だったかを書いたことは何度もあったが、女性は初めてで、ナンシーのあとは一度もない。私にとって、女性を悼む弔文は最初で最後と言える。

ナンシー関の了見

文藝別冊『トリビュート特集・ナンシー関』／２００３年２月28日号

自分よりも勝っていると認める人を「一目置く」と言うが、私はナンシー関に一目も二目も置いていた。それは同じテレビ批評（『日刊ゲンダイ』連載）を書いている者として、とてもかなわないと思う部分があったからだ。

私はテレビで下劣な番組や芸のないタレントを見ると真剣に怒りまくり、その憤怒を原稿にぶつける。ナンシーもテレビを見て真剣に怒ると聞いた。ただ、私がストレートに怒る単なる辛口なのに対し、彼女の怒りは隠し味にすぎず、あくまでも主は〝茶化した〟味であった。特に、気取った女優や女性タレントを茶化す時の切れ味の良さたるやなかった。たとえば、美人女優と言われる水野真紀の演技をこう評する。

——「あの時って…まさか…」と驚愕する時は、発言者を指さしながら、もう片方の手はあんぐりと開けた口元を半分押さえる。これは4コママンガかコント（どっちもB級の）にしか出てこない「驚きのポーズ」だ。〔文藝春秋刊『天地無用・テレビ消灯時間6』〕

稚拙な演技を見事に看破した一文である。文中に「イラスト参照」とあるので例の消しゴム版画を見ると、水野真紀がそのポーズをとっている姿で、横に「まさか!?のポーズ」とある。絵につけ加えられたこの一言にナンシーの諧謔精神が表われている。つまり、版画の中の一言こそナンシーの了見なのだ。

デヴィ夫人の版画には「夫人」と一言添えることで、彼女の売り物が「大統領の第三夫人であること」しかないのを茶化している。オリンピックの女子柔道で国民的アイドルにまつり上げられた田村亮子がテレビ慣れしたコメントを連発するのを度々批判したのはナンシーだけだった。そして、田村の版画に「国民的ヤワラさん」と一言添えておちょくった。ちなみに、うつみ宮土理は「熟女代表」、藤原紀香は「セクシーよ」、安達祐実は「おとな」、野村沙知代にいたっては「悪」の一文字である。また、応援するしか脳がないスポーツバカの松岡修造の滑稽さは「がんばれ、オレ」

という一言で言い表わしている。まさに「寸鉄人を刺す」ではないか。

以前、文藝春秋の『マルコポーロ』という月刊誌で、私が「こいつだけは許せない！」というエッセイを連載した際、ナンシーが挿絵を担当してくれた。「史上最強」ならぬ、「誌上最凶のタッグ」と言われたのが懐かしい。その時も、関口宏の版画に「我がもの顔」と彫るなど、「参った！」と思うことが度々あった。雑誌が廃刊になったことでコンビは解消したが、いつかまた組んでみたいと思っているうちにナンシーは売れっ子コラムニストの一枚看板になっていた。

以来、私もずいぶん芸能人の悪口を書いてきたが、ナンシーに勝ったと思える人物評は少ない。茶化しの天才、ナンシー関が逝った今、私が一目置くテレビ批評家はいない。


次に紹介するのはナンシーが残した名言の中で、思わず唸った言葉だ。

「私は『顔面至上主義』を謳う。見えるものしか見ない。しかし、目を皿のようにして見る。そして、見破る」

「暴こうとするレポーターと隠そうとする芸能人。この関係以外のところから出てくるのは、利潤を生む広告でしかない」

前者は私の持論、**「人は見かけによる」**を進化させたものであり、後者はまさにテレビ業界の現実を表した的確なコメントである。

ナンシーの舌鋒が一層鋭くなるのは、同性のタレントを批評する際である。例えば、国民的アイドルになったヤワラちゃんこと田村亮子が参議院議員になる前に評した文章は痛烈だった。「意外にセクシーな、胸元の切れ込んだ、ピッタリしたラメ入りセーター姿、前かがみになったときの胸チラ」を見て、**「頼むからしまっとけ」**と噛みついた。

私が批判した和田アキ子については、『アッコにおまかせ!』で和田が芸能ニュースについてコメントを述べるのを**「ご託宣を承る状況」**と捉え、**「そのコメントって、正**

論でもなければ、かといって面白い極論でもない、和田アキ子の単なる感想だ」と断じた。コラムニストとして、つまらないコメントに腹が立つ気持ち、私にはよくわかる。

ナンシーが亡くなってから、下らないテレビ番組や不見識なタレントを見るにつけ、「彼女ならどう評するだろう」と想像する。ナンシー関は私が一目置くただひとりのテレビ評論家であり、女性では最高の毒舌家であった。

今現在、私が認める毒舌家はマツコ・デラックスだけ

テレビ評にも書いた通り、私は「オネエキャラ」と呼ばれるタレントが大嫌いで、ひとりでも出ているとチャンネルを変えてしまうほど嫌悪感が強い。しかし、何事にも例外があり、マツコ・デラックスだけは高く評価している。ファンと言ってもいい。

マツコの「マイノリティの視点でコメントする」という姿勢はテレビに出始めた頃から一貫している。そのぶれない姿勢が好きだ。また、視聴者が「そう、そう」と共感で

きる感性を持っている。毒舌をふるっても、特異な風体が愛嬌になって毒気を消す。現在のテレビ界ではカルピスや蕎麦つゆに水を加えるように「毒気を薄める」ことが必要なのだ。マツコはそれをよく承知している。

彼、いや彼女は自分自身を「しょせんキワモノタレント」と心得、今売れているのは運が良かったのとスタッフに恵まれていたからと公言した。にわかのブームに当人が戸惑い、「そんな世の中、間違っているわ」とさえ思っているのかもしれない。こういう謙虚さが好感度を高める理由であろう。

テレビに出始めた頃、ろくな芸もなければニュースも満足に読めないアイドル志向の女子アナに対して露骨に悪意を示していた。彼女たちのずるさ、したたかさをマッコはいち早く見抜いたのだ。

女子アナは容姿端麗、頭脳明晰ということで学生時代から周囲にチヤホヤされてきた人種である。従って、自分に対して好意的な人たちに囲まれ、悪意を示されることがない。だから、ひとりぐらい悪意を示す者がいないとますます付け上がるだけだ。そこでマツコは悪意をあらわにした。**「人の悪意を無にするな」**である。

女子アナだけではなく、マツコが女性の了見を見透かす眼力は感覚的なもので、それは感性が優れているからだと思う。

めったに見ることのない民放で、たまに見ているのは『マツコ&有吉の怒り新党』(テレビ朝日)だけだ。この番組でマツコは、公共の場所におけるマナー違反者に対して激しく糾弾する。小うるさいガキども、大声でおしゃべりする中年女性たち、いい歳をして無礼な爺などに厳しい。私もエッセイに書くテーマ(第8章参照)なので、マツコの意見に賛同してうなずくことが度々ある。

テレビのキャスターやコメンテーターは、**知識があっても見識のない者、見識があっても情がない者**ばかりだ。マツコには見識と情がある。ときには情に流されることもあり、それがまた人間的で好ましく映る。キワモノタレントは消えるのが早いものだが、彼女に対抗できる人材がいないため、マツコ人気は長続きするだろう。

第8章

街ネタは目にあまる無礼者を糾弾するのが毒舌家の務め

街ネタは実際に見聞したことを書くのが作法

2005年4月から07年3月まで寄稿した『産経新聞』のコラム「断」では、よく街ネタを取り上げた。公共の場所で目撃、または体験した出来事のことである。マツコ・デラックス同様、私は公共のマナーを守らない連中が許せない。見て見ぬ振りせずに注意するほうだ。ただ、相手を見定めてからではないと軽々しく注意できない。なかには乱暴者や精神的におかしな奴がいて、暴力を振るわれる恐れがあるからで、その鬱憤を晴らすためではないが、体験した出来事を書いた。街ネタは伝聞ではなく、実際に見聞きしたことを記すのが作法である。

バカ親よ、バカガキを叱れ！

産経新聞／２００５年７月10日

今年も嫌な季節がやって来る。幼稚園、小学校が夏休みになると、否が応でも行儀の悪い子供と遭遇するのだ。ホテルのロビー、電車の中、飲食店などで、所構わず走り回り声を上げて騒ぐ。それが目障(めざわ)りでならない。

公共の場で騒いだら、親がとがめるのが当然なのに、我が子が他人に迷惑をかけているのを平然と見ている。それどころか、他人に注意されると露骨に嫌な顔をする。新幹線の車内を駆け回る子供を私が注意した時などは、若い母親に「うちは放任主義なんです」と開き直られた。年端もいかない子供を放任するのは犬に首輪を付けずに放し飼いにするのと同じで、保護者の責任放棄ですぞと言ってやった。

子供は甘やかすと付け上がり、たちまちバカガキと化す。最近見かけるのは、子供と友達みたいに接する母親だ。先日、地下鉄の車内で見た母娘は揃いのシャツと帽子を身に着け、友達同士のように話していた。ディズニーランドの帰りと見え、土産物が入った紙袋を床に置き、疲れ切った様子で床に座り込んだ。ラッシュ時なのにドア付近に座ったので乗り降りの邪魔になる。それでも母娘は動こうとしない。

大人になり切れない母親とまだまだ子供の娘。早い話、ガキ二人が連れ立っているようなもので始末に悪い。

「私と子供は友達みたいに仲が良いんです」と自慢げに言う親たちよ。友達では躾（しつけ）ができないし、叱ることもできまい。親と子が友達になってはいけないのだ。

暴論を承知で言う。これ以上バカ親とバカガキが増えるなら、いっそのこと少子化のままでもいいと思う。

談志師匠の「静かな毒舌」

何度も被害にあっているので、いつにも増して語気が鋭い。少子化問題が騒がれているが、バカ親に育てられたバカガキが大人になったらどうなるか。「産めよ増やせよ」とのたまう政治家は一度でも考えたことがあるのだろうか。

教養があって気立てが良く、しっかり者の女性は仕事を持つと、忙しいので結婚せずに子供をつくらない。結婚したとしても、待機児童問題など子育ての環境が整っていないので子供をつくれない。その反対に、まともな子育てができないバカ女が無計画に子供を産む。バカ親とバカガキが増えるくらいなら、いっそ人口が減少したほうがいいと思うのだ。

談志師匠が新幹線に乗車した時のことだ。子供が２人、声を上げて車内を駆け回っていた。両親は知らんぷりで、携帯をいじっている。家元は子供だからといって容赦しない。呼び止めると、こう言った。

「品のない子供だねぇ。きっと君たちの両親も品がないんだろうね」

親を引き合いに出されたら、子供だって何かを感じる。黙り込んですごすごと親のいる席に戻ったという。怒鳴るより効果があるのは「静かな毒舌」である。

満員電車の中のあなた！

産経新聞／２００６年１月５日

都会の満員電車に乗っていると不快なことが多い。四季を通じてのこともあるし、冬ならではのこともある。

ダウンジャケットを着たあなた。車内は暖房が効いて暑いくらいなのだから脱ぎなさいよ。着たまま狭い座席に座られると幅を取って、隣の乗客の迷惑になる。太った人に限って厚着しているから腹が立つ。脱いで膝の上に置けないものか。

何日も風呂に入っていないあなた。垢臭いのがどれだけ周囲の人に迷惑なのかわかっているのか。世の中には臭覚が鈍感な人ばかりではないんだぞ。

座席で物を食べているあなた。食べカスは散らかるし、缶入りの飲み物はこぼしたら大変でしょうが。飲食が許されるのは長距離列車だけです。

お化粧をしているお嬢さん。こういう小話をご存知かな。子供に「おねえさんはどうしてお化粧するの？」と尋ねられ、「奇麗になるためよ」と答えると、「じゃあ、どうして奇麗にならないの」

　車内で化粧をするような心がけの悪い女性は、けして奇麗にならないと思い知りなさい。

　いい齢をして漫画雑誌を読みふけっている男性諸君。とても仕事ができそうには思えず、はっきり言って阿呆面に見えるから家で読みなさい。

　大きな荷物を持って乗り込んだあなた。ぶつかると痛い。リュックみたいに背中に背負っているとなおさら迷惑なので、胸の前で抱えるように持ち替えなさい。

　昔の親は、他人様に見られて恥ずかしいことはしないよう躾をしたものだ。それが日本人の「恥の文化」である。昨今、電車内では恥知らずが横行している。

モノ食う場所をわきまえよ

産経新聞／２００６年10月31日

「腹が減っては戦ができぬ」とは言うものの、所構わず食べていいわけがない。通勤電車の中で飲み食いする輩が年々増えている。

初めて目撃したのは、缶やペットボトルの飲料といっしょに、菓子パンやジャンクフードを食べるティーンエージャーだった。食べカスをボロボロこぼすのも迷惑だが、電車が急停車したときに、飲み物が隣の乗客にかかったらどうするのか。その行儀の悪さに、「ガキどもが、家に着くまで我慢できないのか」と睨み付けたものだ。

そんな若者を見るにつけ、「親の顔が見たい」と思っていたが、近頃は、いい齢をした社会人が車内で堂々と物を食べているではないか。おにぎりを頬張るサラリーマン。チョコレートやクッキーを食べるＯＬ。イカの薫製をつまみながら缶酎ハイを飲むオヤジ。

先日はもっと凄い奴を目撃した。コンビニで買ったトロロ蕎麦(そば)をすすっていたのだ。私は目が点になり、ズルズルと音を立てて食べ続ける男を唖然として見ていた。食べるにことかいてトロロ蕎麦とはいい度胸だ。どんな人生観を持っているのか、差しで話をしてみたいとさえ思った。

トロロ蕎麦の音も不快だが、においのきつい食べ物も迷惑だ。ファストフード店の安い油で揚げたフライドポテトやチキンのにおいをかぐと、私は吐き気を催す。映画館や劇場で食べられると逃げ場がなくて困る。ファストフードで若者の嗅覚と味覚はバカになった。

空腹だから食べたい物をすぐ食べる。これでは動物と同じだ。人間なら公共の場所で周囲の迷惑を考えろと言いたい。

車内でモノを食べている光景はしょっちゅう見るようになった。最近驚いたのは、地下鉄丸ノ内線の車内で私の真向かいに座った中年男が納豆をかきまぜ始めた時。まさかここで食うんじゃないだろうと見ていたら、コンビニで買ったと思われるご飯にかけて食べ始めたのだ。見るからに田舎っぺで、どこの山奥から出てきたのか知らないが、車内で納豆ご飯とはどういう育ちをしているのか。臭いが漂うので、近くに座った客が非難の目で見ているのに気がつかず黙々と食べている。きれいにたいらげると、こんどはデザートに取りかかった。カステラのような物を頬張り、ポロポロこぼしながらあっという間に食べ終えた。始発の池袋駅から大手町駅に着くまでの出来事である。

身だしなみに無神経な男、特に半ズボンは「薄みっともない」

着る物に気を遣うほうなので、身だしなみに無神経な男は嫌いだ。帽子やスカーフなど特別なお洒落をしろと言うのではない。清潔感第一、他人に不快感を与えない服装を心掛けてほしいだけである。ところが、街には目を背けたくなるような奴らがいる。代表が半ズボンをはいた大人たちだ。

いい大人が半ズボンとは

産経新聞／２００６年８月13日

猛暑になるとよく見かけるのが、半ズボンをはいた大人たちである。30代、40代の男性に多い。

私達の少年時代、公衆の面前で半ズボンが許されるのは小学生までで、中学生以上は夏でも長ズボンをはくのが常識であった。大人で半ズボンが似合うのは、山下清画伯とアイスキャンデー売りのおじさんと海の家の従業員くらいのものだった。

それが近頃は、いい齢をした社会人が休日の外出に半ズボンを着用する。電車の中、映画館、ホテル、コンサート会場と、どこへ行くにも半ズボンだ。腹が出ている中年男がウエストがゴムの半ズボンをはくと実にみっともない。また、スネ毛を出すのは傍目に暑苦しく見苦しい。

半ズボンを幼児性の象徴ととらえるとわかりやすい。彼らは見てくれは大人でも、中身は精神年齢の低い「小学生」なのである。大人は常に他人（世間様）の目を意識していなければならない。

　電車内のマナーにしても同じで、腹が減ったから食べる、漫画が読みたいから人前でも読む、混雑しているのに携帯電話のメールを打つ。周囲にどう思われてもいいでは、子供より始末が悪い。

　偏見を承知で言うが、半ズボン野郎の顔をしみじみと見ると、どいつもこいつも仕事ができそうにない感じがしてならない。そういえば、未成年者に対する淫行で芸能界を追放された某お笑いタレントも半ズボンをはいていたっけ。

　大人が半ズボンを着用するのは家の中だけ、せいぜい近所に出かける時くらいにしておいたほうがいい。半ズボンをはいたら町内を出るな！


この文章は物議を醸した。『産経新聞電子版』で読んだ半ズボン愛好者が、ネット上で批判の声を上げたらしい。ところが、反対に「同感である」とか「よく言ってくれた」

という賛同の手紙が編集部に届いた。新聞を講読する世代とパソコンやスマホで読む世代ではファッションについても考え方に隔たりがあることがわかった。

私は今でも半ズボン姿の大人を見ると、**「薄みっともない」**と軽蔑の視線を送る。そういえば、市川海老蔵と長嶋一茂も半ズボンの愛好家だった。どちらもバカっぽい。

銀行が高利貸しの消費者金融を配下に置くとは……

銀行嫌いは若い頃からで、理由は金がなかったから付き合いもなかったということ。金があったとしても付き合いたくない。原稿料と印税が銀行振り込みなので、便宜上口座を設けているに過ぎない。近所の信用金庫に口座を移したいが手続きが面倒なのでそのままにしているのだが。銀行から借金するのが嫌なので家を買わず、今も賃貸マンションに住んでいる。

銀行員が悪者なわけではなく、銀行組織の一員として悪事を働くのだと思う。官僚、小役人と同じこと。それにしても、プライドの高い銀行が高利貸しの消費者金融を配下に置くとは意外であった。よほどせっぱ詰まったと見える。社会的にも信用がある銀行員と、やくざまがいのイメージを持たれているサラ金（昔はこう呼ばれていた）の社員が同じグループになるとは。「金貸し」の本性をあらわにしただけということか。

銀行口座を解約しませんか？

産経新聞／2005年6月7日

20年以上前に活躍していたコント・レオナルドの「屋根より高い鯉のぼり」ならぬ、「利子より高い手数料」というコントを覚えているだろうか。故レオナルド熊と石倉三郎（現在は俳優）のコンビのネタに、スリの父親と銀行に就職が決まった息子がやり合うというのがあった。喜ぶ息子を父親がたしなめる。

「貧乏人から安い利息で預かった金を高い利息で貸し付ける。そんなあこぎな商売をさせるためにお前を大学に行かせたんじゃない。銀行員になるくらいなら、お父さんの後を継ぎなさい」

自分は金持ちの財布しか狙わない。スリのほうがましだ、という屁理屈に大笑いしたものだ。銀行の業務をあこぎと決め付けているのも面白い。

バブル期以来、銀行はろくなことをしない。度重なる不祥事、公的資金という税金の利用、統廃合後のコンピューター故障、貸し渋り等々、信用は地に落ちた。利息は一向に上がらず、「屋根より高い鯉のぼり」ならぬ、「利子より高い手数料」だ。

不良債権の処理をする間、しばらくおとなしくしていたが、ちょっとばかり業績が良くなると、またあこぎなことに手を出した。大手メガバンクが次々に消費者金融と提携し始めたのだ。手数料よりさらに高いプライドを持つ銀行が、かつて「サラ金」と呼ばれ、見下していた業者と提携するとは思わなかった。業績を上げるためにはなりふり構わぬといったところか。

私は高利貸しと付き合いたくないので、銀行の口座を信用金庫にでも移そうかと考えている。同じ考えの読者がいたら、いっしょに解約しませんか。それから大学生の息子に、銀行の就職試験だけは受けないよう言って聞かせねばならない。高利貸しよりはまだ物書きのほうがましだって。

どうする？　アイフル

産経新聞／2006年4月20日

「それ見たことか」とはこういう時に使う言葉だと思った。消費者金融大手のアイフルが、融資をめぐる違法行為があったとして金融庁に業務停止命令を食らったのだ。

その夜、テレビのニュース番組で、アイフルの社員が取り立ての電話をした際の音声が流れた。「一部（上場）だろうが二部だろうが、借金の取り立てには変わらねえんだよ！」

お里が知れるとはまさにこのことで、大手だろうがなんだろうが〝高利貸し〟だ。貸した金を返さないと、凄んで脅してでも取り立てるのが本性なのである。

アイフルという会社、これまでにも強引な取り立て、貸出利息の説明の不備、契約者に無断で委任状を作成した上での戸籍謄本などの入手、債務整理時の取引履歴の開示の拒否など様々な苦情が寄せられていた。そこで弁護士らが「アイフル被害対策全国会議」を結成したほどだ。

今回、金融庁は同社の全店舗に業務停止命令を出す重い処分を科した。悪質と判断したのであろう。それを伝えるテレビのニュースを見て腹が立ってきた。民放各局などメディアはアイフルの子犬を使ったあざといCMを垂れ流し、〝高利貸し〟のイメージを変える戦略に加担していたではないか。以前は深夜のスポットCMに限られていたのに、利益至上主義でなりふり構わず消費者金融をスポンサーにした。メディアは自らの不徳を恥じるがいい。

CMで「ご利用は計画的に」という文句を繰り返すが、もともと計画性のない者、または計画が狂った者が高利で金を借りるのであろう。

アイフルの経営陣に言ってやりたい。「会社経営も計画的に」と。
どうする？　アイフル

第9章

時事ネタはすぐに古臭くなるが、本質を突いた内容なら今でも通用する

時事ネタでも古臭くない

『産経新聞』のコラム「断」の担当編集者だった桑原聡さんが、2010年に月刊誌『正論』の編集長に就任したことで、隔月の連載を引き受けた。久しぶりの辛口エッセイとあって楽しみながら書いたものだ。

時事ネタが多いけれど、ここ5年以内に書いたので古臭くないと思う。もっとも、本質を突いた内容であれば、時が経って読んでも面白いはずだが。

連載で書いたもののうち、「男の顔」は第1章に、「都知事選を考える」は第4章に入れたので、残りを掲載する。初回に取り上げたのは「情報過多」の問題だ。マスコミやインターネットでは知りたくもない情報が溢れ返っている。この現状に対して「ノー」と言いたかった。

知りたくないの

正論／2012年9月号

二十五年間愛読していたスポーツ紙の宅配を止めた。その理由は、AKB48の関連記事が異常に多いからだ。グループの総選挙とやらで誰が一位になったかなど知りたくもないのに、連日数頁にわたって写真と記事が掲載された。それで堪忍袋の緒が切れ、購読を止めたというわけである。

菅原洋一の往年のヒット曲に『知りたくないの』という歌があったが、昨今は知りたくない情報が嫌でも入ってくる。だからそれらを拒絶し、遮断する努力をしないと不愉快な思いをすることが多い。マスコミはよく国民の「知る権利」を言い立てるが、我々には「知りたくないと拒絶する権利」もある。私にとってそれがAKB48の情報なのだ。

彼女たちの存在自体を否定するものではない。ただ、売り方やマスコミ操作の手法には以前からうさん臭さを感じていた。全国から娘たちを集め人気を競わせる。これは昔の遊廓のやり方で、取った客の数でナンバーワンになった遊女を吉原では「お職」、品川では「板頭（いたがしら）」と呼んだ。総選挙で一位になった者が「センターを取る」らしいが、まったく同じことである。いっそのことメンバーの娘たちに、「そうでありんす」とか「そうざます」といった遊里（さと）言葉を使わせるといい。

また、遊廓には「移り替え」という儀式があり、衣替えをするのに客から金を集め、店の男衆や朋輩衆にご馳走してどんちゃん騒ぎをする。AKB48の場合、新曲のCD発売が「移り替え」に当たる。つまり、甘い客は遊女の元へ何度も通って貢ぐようにCDを何枚も買う。品川の遊廓で板頭を張ったお染がその座から陥落し、移り替えの金が融通できないのを恥と思い、ならばいっそのこと死んでしまおうと、馴染み客の金蔵相手に心中を図るのが落語の『品川心中』である。AKB48の熱狂的ファンの若者と金蔵の姿が重なる。

全国の村々を回り、娘を集めて遊廓に売る職業の男を「女衒（ぜげん）」という。グループのメンバーをスカウトする芸能プロがそれだ。AKB48の「生みの親」とか、ブームの「仕掛け人」と言われる連中はさしずめ遊女を働かせ金を搾り取る女郎屋の亭主であろう。そんな族に踊らされ金を使う若者が多い現実を憂う。連中は私のような一介の物書きに批判されても「蛙の面に小便」で痛くも痒くもあるまい。それでも声を大にして言うしかない。断じてあのあざとい商法を認めてはならんと。

それにしてもテレビ、スポーツ紙などの芸能マスコミがＡＫＢ商法を批判しないのは不自然で不見識だ。批判するどころか大々的に報じてもてはやす。マスコミと商売人たちが癒着しているのではと勘ぐりたくもなる。それで私は知りたくない情報を拒絶し遮断するため、まずテレビの地上波放送を見ることをやめた。現在はＢＳとＣＳ放送で野球中継、映画、アメリカの連続ドラマだけ見ている。野球は完全中継、映画はノーカット、ドラマは日本のと比べ物にならないくらいレベルが高く面白い。地上波の愚にもつかないバラエティや、若い俳優の下手クソな演技のドラマを見ている視聴者が可哀想になるくらいだ。もちろんワイドショーも見ないから芸能情報が耳に入らずにすむ。

続いて、毎週送ってくる週刊誌を全て断った。そして今回、スポーツ紙の購読を止めたので情報を遮断することができた。パソコンは使っていないからインターネット情報も入らない。匿名でしか自分の意見を言えない臆病者と関わらずにすむ。従って、ネット上で私の悪口を書いても見られないから無駄である。携帯電話は通話とメール機能だけ、フェイスブックもツイッターも興味ない。だからといって「時代遅れ」とか「世間知らず」と言われたことは一度もない。むしろ「確固たるポリシーを持っている」とか「ぶれない人だ」と敬意を表される。もっとも、陰で頑固者だと言われているかも知れないが、それこそ知ったことではない。

読者の皆様にも情報を拒絶し遮断することをお勧めする。ゴミ情報で脳が埋められると肝心な知識が入らないことだってありえる。それに、ＡＫＢのことをよく知っているより知らない人のほうが頭がよさそうに見える。

８割の中国人は行儀が悪い

近年、中国から観光に来る団体客が激増し、都内だけでなく有名な観光地でもよく見かけるようになった。私が目撃した限りでは、中国人の80パーセントは**行儀が悪い**。そこで２回目は団体観光客に対して毒舌をふるった。ことさら中国人を嫌っているわけではない。実際にマナーを守らない連中に嫌な思いをさせられたことがあるからだ。

中国人観光客冷淡拒絶

正論／２０１２年11月号

何年くらい前からだろうか。東京都内だけでなく全国の有名観光地で中国人の団体客を見かけるようになったのは。公共の場所でも中国語でペチャクチャおしゃべ

りして姦しく、マナーを守らないので顔をしかめるのが常である。

数年前の桜の時期、京都へ出かけたら、行く先々で列を乱す団体客がいた。日本語ができる中国人ガイドに、「マナーを守らせなさい」と言うと、困ったような顔で逃げるように立ち去った。ホテルへ帰るタクシーの運転手さんに話を聞いたところ、中国から大勢観光客が来てくれるのはありがたいけれど、旅館やホテルがあまりのマナーの悪さにほとほと困っているらしい。まずトイレの使い方で、日本人の常識では考えられない汚し様だという。自国のトイレが汚いので汚すのが当然と思っているのだ。次に、必ず備品を持ち帰る。タオル、石けん、化粧品くらいはいいとして、浴衣、湯飲みまで持って帰るのはどうかと思うし、ひどいのになると、全室の電気ポットを持って行った団体がいたとか。これはもう窃盗の類いであろう。

以上は「年収が日本円で三百二十万円以上ないと観光に来られない」という条件があった頃の話で、現在は年収八十万円以上まで引き下げられた。日本のレベルで言えば貧困層に近い団体が格安ツアーで毎日のように我が国を訪れるのだ。日本人客に不愉快な思いをさせているのは想像がつく。

格安ツアーの団体はいったいどのくらい日本に金を落とすのか。先月、NHKのドキュメンタリー番組でその特集をやっていた。日本へのツアー代金は、仲介する旅行社が赤字になるほど安いという。その赤字をいかに補填するかというと、中国人ガイド（台湾人、韓国人の場合もある）がツアー客全員を必ず健康食品と薬品の展示即売会（経営者は中国人）へ連れて行き、市販の数倍もする値段の商品を買わせ、マージンを旅行社とガイドで分けるのだそうな。ツアー客は帰国した後、商品の効果が少ないことで高い買い物をさせられたと気付く。当然「日本人にだまされた」と怒り、「二度と日本へは行かない」と口々に言う。この悪徳商法のどこにも日本人は介入していないのに。二度と来ないのは大いにけっこうだが、恨むのは筋違いだ。

先日、私は長年贔屓にしている某有名温泉旅館の大浴場で中国人の一団と遭遇した。声が響く湯殿で大声でしゃべり、露天風呂や洗い場での傍若無人な振るまいに呆れ果て、思わず「静かにしなさい！」と注意した。日本語がわからなくとも怒られたのはわかったようで、たちまちおとなしくなった。あいつらは怒らないと駄目なのだ。せっかくの旅行が台無しになり、この旅館には二度と来たくないと思った。かくのごとく、中国人客を受け入れたために日本人の常連客に見放される旅館や飲食店が今後増えるだろう。

現在、日中両国は尖閣諸島の領土問題でもめている。中国本土では各地で反日デモが暴徒化し、日本企業の工場や日本人経営の飲食店が襲われ、日本車が焼かれ、略奪行為もあり、それはひどい惨状だ。大使の公用車から国旗を奪われた事件もあった。尖閣諸島周辺の度重なる領海侵犯など、戦争になってもおかしくない挑発行為と言える。そんな状況下で、迷惑なだけの中国人観光客に対し親切にする義理はない。

中国人観光客を迎える観光地では必ずといっていいほど「熱烈歓迎」と書いた横断幕や旗を掲げて迎える。日本人はどこまでお人好しなのか。熱烈でなく「冷淡」になり、歓迎せずに「拒絶」するくらいの気概を持つべきと強く主張したい。

日本人として日常的に為すべきことはたくさんある。中国人が日本製品の不買運動をするなら、日本人も中国製品を買わなければいい。私は以前からたとえ日本のメーカーの衣料品でも、「メイド・イン・チャイナ」という表示がある製品は絶対買わない。少々高くとも日本製の商品を身につけたいからだ。もちろん毒入り餃子事件以来、中国製食品は安全性が信用できないから絶対買わないし、貰い物でも口にしない。

重ねて言う。中国人観光客を温かく迎えるな。冷たい眼で見てやれ。観光地の名所旧跡、神社仏閣、旅館、飲食店などの入口に、「中国人観光客はお断り」という張り紙を貼るくらいのことはやっていい。

理不尽な国の理不尽な行為

正論／2013年5月号

自分がされて嫌なことは他人にはしないと決めている。

暴力を振るわれたくないから自分でも振るったことがない。街を歩いていて通行人とぶつかるのが嫌だから携帯電話を見ながらでなく前を向いて歩く。加齢臭、口臭などは不快なので清潔を心がける。混雑した場所で接触して無言で立ち去るのは無礼だと思うので、必ず「すみません」「恐れ入ります」と言葉に出す。公共の場所や飲食店で隣席に客がいる場合、声高にしゃべるのは耳ざわりだから友人知人と無声音でしゃべる。相手の立場に立った気遣いこそ人口密集地の都会で生活する者のマナーだと心得ている。

国際問題も同じことで、自分の国がやられて嫌なことは他国にするべきでない。中国という国はそれを平気でする。もし中国と日本が逆の立場だったらどうなるか。たとえば、日本で微小粒子状物質PM2・5のような大気汚染を発生させ、それが風に乗って中国本土に流れ国民が被害にあったら、日本の責任を言い立て賠償を要求するに違いない。何せあの殺人的な汚染を日本企業の工場が出したと言い立てた国なのだから。

三月十四日、広島県江田島市の水産会社で働く中国人実習生が、社長と従業員の二人を殺傷、六人の従業員に怪我を負わせた。職場での人間関係のトラブルがあったらしいが、日本人は殺傷までしない。もし中国国内で日本人労働者が中国人経営者と同僚を殺す事件が起こったら、日本人がまた大虐殺したかのように糾弾するであろう。

尖閣列島周囲の日本海域を中国の船が領海侵犯したように海上自衛隊の巡視船が中国の海域を侵したら、警告無しで狙撃されるに違いない。そして、撃沈した後、自国の正当性を主張するはずだ。

中国人は絶対に相手の立場に立って考えない。自分本位で自己主張ばかり。それに対して日本人は、どんなひどい目にあっても大人の対応を取って怒りをあらわにしない。恥を知る文化があるから常に品位を保つ。それは物質的かつ精神的に豊かなせいもある。先日発表になった豊かさの世界ランキングで日本は十位、中国は百一位だった。ざまあみろと言いたくなるが、蔑(さげす)んでばかりもいられない。ここまでやられっぱなしだと、おとなしいにも程があり我慢にも限界があるのだ。

緊急に対処しなければならないのは大気汚染である。三月十日には関東地方にも煙霧が襲った。国が定めたPM2・5の基準値は一立方メートルあたりの飛散量が一日平均三五マイクログラムだが、その値をはるかに越え、私が住む練馬区内では一一六マイクログラムにも達した。すぐに健康被害が起こるわけではないが、循環器系の疾患を招く可能性は大と言われる。

PM2・5の発生原因は自動車の排ガス、発電所やボイラーなどの石炭燃焼、工場の粉塵などである、特に排ガスがひどい。東京では石原前都知事が排ガス規制を厳しくして大きな効果を上げた。中国も真似をすればいいのだが、「支那」と呼ぶ石原氏を手本にするはずがない。だから中国が撒き散らす大気汚染に対し国として強く抗議して欲しい。尖閣列島の問題と違って、ことは国民の健康、ひいては生命に直接影響する深刻な問題なのだ。

中国で商売をして利益を得る企業から献金を受けた国会議員がだんまりを決め込むなら国民が声を上げ行動を起こさねばならない。今すぐにできることは中国製品の不買運動であろう。食品はもともと安全性に問題があるから一切口にしなくても食生活に影響はない。衣料品も安いというだけで中国製を買うのはよそう。さらに中国人が経営する店では買い物、飲食をしない。そして、経営者は中国人を雇わない。文句のある奴には言わせておけ。日本国民の生命財産を守るための抵抗という大義名分がある。正義はこちらにあるのだ。

中国にやられっ放し、言われっ放しでなく、たまには日本も理不尽な要求をしてみようではないか。そこで私が敬愛した故立川談志師匠が色紙に書いたお言葉から引用する。「満州を返せ！」

中国人観光客のお陰でおこぼれに与（あずか）っている会社や商店は、日本人のお客が迷惑している事実を認識すべきである。そうでないと、中国人が多く訪れる観光地や飲食店に日本人が来なくなる。事実私は中国人一行と遭遇した温泉旅館に二度と行っていない。外国人に優しいのは日本人の美徳のひとつであるが、優しいというより甘過ぎると思う。それは日中外交を見てもわかる。ガキと中国人は甘やかすと付け上がる。だからマナーを守らないガキと中国人を見たら注意するか、でなければ冷たい視線を浴びせ、「けっ」

と吐き捨てるのが正しい対応なのだ。

田中眞紀子はいじめの権化のような女

連載していた当時の文部科学大臣は田中眞紀子だった。今思うと、よくあんな女性が大臣をやっていたと恐ろしくなる。幸い民主党が衆議院で大敗し、政権交代が成ったため短い任期で退任したが、あのまま大臣を続けていたらと思うとぞっとする。

あなたの周囲にも田中眞紀子みたいな女がいませんか？　女性上司、取引先の女性経営者、女性教師など思い当たる人が。彼女たちは自分の言動をいじめと認識していない。そういう人物が権力を持つと、罪の意識もなく平気でパワーハラスメントをしでかす。

お前が言うな！

正論／2013年1月号

私が小学校六年生の時、ホームルームで一人の女子生徒が発言した。彼女はクラスの女子のボス的存在で、中小企業の社長でPTA会長を務める父親が甘やかしたせいか、傲慢な女王様であった。学級委員長の選挙に立候補したが、男子に人気がない（女子でも嫌っていた者が多かった）ため落選し、図書委員に甘んじていた。その彼女が、図書室で騒いだ数名の男子を糾弾し、「図書室は静かに本を読む場所です。二度と騒がないよう先生から注意して下さい」と担任に訴えた。言ってることは正しいが、クラスのほぼ全員が心の中で叫んだ。「お前が言うな！」と。

田中眞紀子文科相が、新設大学の認可を申し出た三校を「認可しない」と唐突に言い出して物議をかもし、数日後には発言を撤回する醜態をさらした。確かにこの二十年で二百六十もの大学を認可した大学設置・学校法人審議会委員の不見識は責められて当然である。新設校が文部官僚の天下り先になっているのも事実だ。認可基準を厳しくすることは正しい。ただ、それを言ったのが、どんな正論を吐いても「あんただけには言われたくない」と思われても仕方ない札付きの議員だった。

そもそも、大臣にしてはいけない人なのだ。就任記者会見でいじめ問題に触れ、「いじめはなくさないといけない」と宣った時、私はテレビ画面に向かって突っ込んだ。「お前が言うな！」と。

だってそうでしょう。彼女自身がいじめの権化のような女なんだもの。

これまで眞紀子氏にいじめられた人たち、即ち田中家のお手伝い、秘書、父親の代からの関連企業社員、選挙区の後援会員、外務大臣時代の官僚と職員、忘れちゃいけない婿殿、これらのいじめ被害者を数えたら、いじめが原因で自殺した子供の人数をゆうに超えるであろう。そんな人物が「いじめ問題に取り組む」とはちゃんちゃらおかしい。ヘソで茶を沸かすとはこのことである。取り組む前に我が身の不徳を恥じ、これまでのいじめ行為を反省しろと言いたい。

いじめっ子に最も欠けるのは、いじめられる側がどう感じるか想像する能力である。想像力がないのは教養がないからで、どうして教養がないかというと、古今東西の古典文学を読まないから。コンピューターゲームにうつつを抜かし、スマホやらインターネットやらで無駄な情報と学業の知識だけはある頭でっかちのガキどもは極めて無教養だ。文科省はいじめの加害者たちに聞き取り調査して、読書傾向を調べてみるがいい。人格、見識、品性を養う文学をまるで読んでいないはずだ。きっと眞紀子氏も子供の頃から文学に親しまない少女だったに違いない。どんな本を読んで育ったのか一度聞いてみたい。

眞紀子氏は周囲の人間を「使用人か敵か」で判別するらしい。それは父親の角栄氏が子飼いの自派議員に裏切られたのが原因で病に倒れ、不幸な晩年を送ったことがトラウマになり、人を信用できなくなったのかもしれない。だからと言って同情はしない。子供の頃から我がまま放題のお嬢様が、父親の地盤と看板を継いで国会議員になった。さしたる実績もないのに小泉内閣の人気取り作戦で外相の地位を得た。自業自得で解任されると、たちまち反小泉になって、そのうち自民党を離党し、気が付いたらいつの間にか亭主ともども民主党議員になっていた。

同党の人材不足ゆえに、無能を絵に描き額に入れて飾ったような婿殿が防衛大臣になった。史上最低の防衛大臣と言われるほどの無能ぶりをさらしたのに、亭主よりもさらに大臣にしてはいけない女房を文科相に任命してしまった。結果がこのザマである。選挙までの短い任期であったが、ああいう議員に元文科相という肩書きを付けることさえ恥ずかしい。

いじめ問題の根は深い。校内のいじめを減らしたければ、大人たちが職場でパワハラ、セクハラ、ネグレクト、差別といったいじめ行為をしないことだ。さらに、学校での読書の時間を増やして子供たちに教養を身に付けさせる。選挙後の新たな内閣での文科相にはそういうことを宣って欲しい。眞紀子氏と違って「お前が言うな!」とは突っ込まれないだろうから。

質の良い愛情を受ければ立派な大人に成長する

「育ちの良し悪しは、いかに質の良い愛情を受けて育ったかで決まる」というのが、私の持論だ。家柄、貧富の差、親の職業、学歴、家族構成などは関係ない。たとえ貧しくとも、家族の質の良い愛情を受けて育てば間違った道には進まない。片親の家庭であっても、親に代わる兄や姉、親戚、近所の人たちなどから質の良い愛情を受ければ立派な大人に成長するものだ。愛情は量ではなく質なのである。

眞紀子女史が両親から受けた愛情は質が良くなかったのだろう。つまり甘やかされたということだ。それは安倍晋三を代表とする二世三世議員や、親のお陰で仕事があるのに、甘ったれて犯罪を犯してしまう高畑裕太などの二世タレントにも共通で**「育ちが悪い」**と言える。歌舞伎役者はたいてい親から質の良い愛情を受けているので育ちが良い若者がほとんどだが、市川海老蔵だけは例外である。

それにしても、眞紀子女史と長いこと結婚生活を送っている婿殿はよほど辛抱強い人なのだろう。**敬服はしないけれど同情はする。**

宗教に関する毒舌は気を遣う

以前、先輩作家から「宗教に関する発言には注意したほうがいい」と言われたことがある。特に新興宗教を批判すると、狂信的な信者からの抗議があるので気をつけなさいと。それが頭にあったので、特定の宗教団体を批評するのでなく、「金がかかる宗教は良くない」と書いた。これなら抗議されることがない。毒舌をふるうには、けっこう気を遣うのですよ。

良い信仰、良くない信仰

正論／2013年7月号

特定の宗教を信心していないが、神社仏閣にはよくお参りする。お賽銭を上げ、目を閉じて手を合わせ、家内安全を祈願する。加えて、趣味のひとつと言いたいほど墓参りが好きだ。現在は両親と恩師の色川武大先生、立川談志師匠、それぞれの命日、春秋の彼岸、お盆など度々参る。花と線香を供え、近況報告をして「あの世からお見守り下さい」とお願いすると心が洗われたような清々しい気分になる。花と線香代と交通費のみでカタルシスを感じることができるのだから安いものである。

死者を敬うのは日本人の美徳だ。戦争で亡くなった人々が祀られる靖国神社を参詣するのは近親者の墓参同様、日本人として当たり前の良き行いだと思う。終戦記念日でなくとも、折にふれて参るのはけっこうなこと。従って、麻生副総理ら国会議員が参詣したからといって中国や韓国にいちゃもんを付けられたくない。

私は桜が好きなので花見の頃になると毎年靖国神社へ出かける。ついでに参詣して英霊の御霊に祈る。この時期には境内で薪能も行われ、幽玄な雰囲気で能を楽しめる。芝居の公演を見たこともある。劇作家の榎本滋民が新国劇のために書いた『ああ、同期の桜』で、特攻隊員の群像劇だが、反戦の芝居とも言える。こういう公演を認可した靖国神社に敬意を表している。

日本人の宗教観はじつにおおらかである。クリスマスを祝った一週間後には神社やお寺へ初詣に行く。神前結婚した夫婦も先祖の墓参りはする。節操がないほどの信心こそ日本人の心の広さなのだ。ただ、信心は度を過ぎると狂信となる。オウム真理教ほどひどくなくとも、宗教団体の中にはかなりうさん臭いのがある。

私が信心の善し悪しを決める判断基準は実に簡単で、金がかからないのが良い信心で金がかかるのが悪い信心と断じる。前述した墓参りや神社の参詣などが一番安上がりな良い信心だ。お布施や寄付を強制されるのは良くない信心。物を売りつけるなどもってのほかで、仏壇、位牌、祭壇、仏像など信心につながる物も高額であれば問題だし、信心と関係のない陶器や健康食品などを売りつけるに至っては論外であろう。

人の弱みに付け込んで勧誘し、信心という大義名分のもとに金をしぼり取る。金を出すことで救われているという意見もあろうが、私はそういう宗教団体は詐欺集団にしか見えない。その点、お寺さんはお布施だけで法外な金がかからない。そう書いたところで考え直した。戒名料が高かった。故人の地位や財産によって異なるが、十万単位から千万単位まで値段があってないようなものだ。

談志師匠は生前、エッセイに「死んだら坊主などは呼ばないように。お経など上げられたら死んでも死に切れない」と書いた。そして、戒名料を取られるのが忍びないと自分で戒名を「立川雲黒斎家元勝手居士」と決めていた。師匠のお墓にはその戒名が彫られている。師匠は坊さんを信用していなかった。「坊主丸儲け」のような拝金主義の連中を軽蔑していた。

宗教法人が徴税面で優遇されるのをいいことに、丸儲けしている坊さんは多い。最近目についたのは、在日朝鮮人総連合会中央本部の土地、建物を四十五億円余で落札した最福寺の池口恵観法主。落札したものの資金調達ができず購入を断念したことで世間を騒がせた人物である。結局、東京地裁に納付済みの保証金、五億三千四百万円は没収されたわけだが、よくそんな大金を出せたものだ。護摩行だけでそんなに儲かるとも思えない。国税庁に査察して欲しい。

また、京都には昔から拝観料などで儲け、祇園で芸妓を挙げて遊ぶ生臭坊主が居ると聞く。副業に精を出す商売人の坊主は全国に居る。そこで、お寺、神社、新興宗教、すべての宗教法人から一般企業と同様に税金を取り立てることを提案する、実現すれば我が国の財政再建の足しになろう。公明党の議員を始め、宗教団体から支援を受けて当選した各党の議員が反対するに違いないが、それこそ政教分離の原則からはずれた「神をも畏れぬ仕業」である。

宗教団体に寄付などすることない。十円玉、百円玉のお賽銭を上げてりゃいい。それがお互いに分相応だと思う。

ここでも談志師匠の逸話を挿入している。家元は、**「葬式はするな。坊主なんぞにお経を上げられたら浮かばれない」**という遺言を残した。これが最後の毒舌であった。

東京五輪を開催する資格が日本にはあるのか！

東京で五輪を開催することが決定した時、「果たして開催する資格があるのか」と疑問を抱いた。それは福島第一原発の汚染水対策が不十分なのと、故郷に帰れない放射能汚染地域の被害者が大勢いたからだ。

オリンピックで被災者が救われるのか。ひとつふたつの競技が被災地で行われても本当に復興の足しになるのか。これまた疑問である。そんな思いで書いた。

五輪狂騒曲の不協和音

正論／２０１３年11月号

二〇二〇年オリンピック、パラリンピックの開催地が東京に決まった。開催の経

済効果は三兆円と言われることもあって、招致委員会のなりふり構わぬロビー活動はエコノミックアニマルと称された時代、日本人ビジネスマンが自社製品を売り込む営業みたいであった。安倍総理が社長、猪瀬都知事が副社長で、プレゼンテーションでは身ぶり手ぶりよろしくスピーチする姿が営業トークに見えた。滝川クリステルが「おもてなし」と言って拝んだ時、私は洋服姿の芸者ガールが接待客をもてなしているのかと思ったほどだ。

五輪特需を期待するゼネコン、不動産業界、サービス業界、さらには業界からの献金が増える政治家連中がほくそえんでいるかと思うと、おめでたい気分が失せてくる。おまけに決定前後のテレビの馬鹿騒ぎぶりといったらまさに狂騒であった。そりゃあ連中は嬉しかろうよ。五輪関連番組で視聴率が取れてCM収入が増える可能性が高い。手前が儲かるから浮かれているのだ。

それより問題は福島である。安倍総理はスピーチの中で福島第一原発の汚染水問題について触れ、「状況は完全にコントロールされている」と断言した。私はテレビに向かって「本当かよ」と突っ込んだ。連日、貯水タンクや配管から高濃度の汚染水漏出が見つかっている。東京電力のずさんな汚染水対策は破綻したも同然なのに、何を根拠にコントロールされていると断言するのか。

私が懸念するのは、五輪開催決定の祝賀ムードが悪政の隠れ蓑になること。日本人は何かおめでたいことがあると揃って浮かれ、その間に肝心なことを忘れてしまう人の良さがある。そういう国民性を政治家、官僚が利用しないわけがない。馬鹿騒ぎをしている間に原発を含めたエネルギー問題、ＴＰＰ参加、消費税値上げ、社会保障費問題などをちゃっかり進めたり隠したりしやしないか。チェックすべきマスコミは五輪狂騒に水を差すような真似は絶対しないから、政府の思うツボではないか。

少しでも被災地のことを考えるなら、二〇二〇年までにすべての復興を成し遂げるくらいの公約をして欲しい。まず、福島原発をすべて廃炉にする、放射能汚染地域を完全に除染して一時避難した被災者を故郷に帰す、ガレキの一かけらたりとも残さず処分する。ガレキ処理は東京都民も負担すべきだ。さらに地元経済復興を助成する。こういった具体的な目標を立てて、競技場や選手村の建設同様に実現するのが急務である。それができなきゃ、今後「オリンピックで被災地の皆さんを元気付けたい」などと言わないでもらいたい。

もうひとつの提案は、政府、国会機能、官公庁、関連の独立行政法人などを福島県内に移すことだ。即ち東北遷都である。福島県が首都になれば東北の復興は確実に成し遂げられる。政治家と官僚が移住するとなれば、自分たちの健康が心配だから必ず安全な住み処となる。空き地になる永田町と霞が関にはオリンピック選手村を建設し、終了後は集合住宅にして都民が住めるようにすればいい。復興は成り、東北が繁栄し、東京から嫌な連中がいなくなる。まさに一石二鳥、いや三鳥で、経済効果は三兆円とまではいかないがかなり期待できる。

開催決定の日のニュースで、福島県内の仮設住宅で生活する被災者が感想を求められ、「今の生活のことで精一杯で、七年後のことまで考えられない」と語っていたが、これが被災者の正直な気持ちであろう。七年後より一年後、来月、いや、明日の生活に不安を感じる国民が大勢いるのだ。

街頭インタビューで中高年の人たちが、「七年後が楽しみです」と語っているのを見て、七年後生きているのを信じて疑わないのが不思議でたまらなかった。私は七十二歳になっているので、生死は半々だと思っている。安倍総理と猪瀬都知事にしても現職にとどまっている可能性は半分以下だと思う。
七年後、日本はどんな国になっていることやら。建築物はより高く広く豪華になり、携帯電話などの通信機器はさらに便利になっているはず。しかし、国民の質が向上しているとは思えない。ましてや政治家と官僚の質については絶望的だ。仏作って魂入れずで、建物や電子機器ばかり発達しても、それを利用する人の心が空疎では意味がない。果たしてオリンピックで人の心が成長するものだろうか。

東北遷都は暴論とは思わず、今でも本気で推奨している。東京から政治家と官僚がいなくなるだけでどれほど住みやすくなるか、**想像しただけで清々しい気分**になる。

海外旅行をすると日本人の良さがわかる

外国より日本が好きなので、海外旅行はめったにしないのだが、独身だった長男と親子で旅行するのは最後だろうと思いアメリカへ出かけた。帰国後、すぐこれを書いた。

アメリカで感じたこと

正論／２０１４年１月号

十年ぶりにアメリカ旅行をした。今回の目的はメジャーリーグの観戦で、ダルビッシュが在籍するレンジャーズのダラス、上原と田沢がいるレッドソックスのボストン、ヤンキースのイチローとメッツの松坂がいるニューヨーク、以上の三都市を訪れた。

ボストン、ニューヨークでは野球観戦の合間に観光地を巡ったが、どこへ行っても中国人の団体ツアーが居て、所かまわず声高におしゃべりするのに往生した。ボストン美術館、メトロポリタン美術館みたいな閑静な館内でさえしゃべりまくる。ガイドの説明まで大声なので、中国人の集団がいるコーナーは避けて鑑賞しなければならなかった。きゃつらを黙らせる方法がないものかと思う。

アメリカの食べ物は球場内のホットドッグ以外、どんなジャンルの料理でも日本のほうが優れている。ダラス市内のステーキハウスは牧場を所有する有名店で上質の肉を出すという触れ込みだったが、日本の牛肉のほうがずっと美味しい。松坂牛、神戸牛といったブランド牛でない並の和牛より劣る。劣ると言って悪けりゃ、日本人の口に合わない。

最近食材の偽装、誤表示の問題が世間を騒がせた。ホテル内のレストランは高い上にサービス料を取るから、私はめったに利用しない。誤表示した店の中で唯一利用していたのは〈グリル満天星〉という洋食屋だ。よく食べていたステーキ丼の牛肉に食品添加物の結着剤が使われていて、ステーキと表示してはいけない加工肉だったという。しかし、私は被害にあったと思っていない。肉汁と醤油バターをからめたソースとシソがご飯に合って、ダラスの本場ステーキより美味しい。別に豚肉を牛肉と言ったわけじゃなし、美味けりゃいいじゃないかと言いたい。

芝エビと表示して実際はバナメイエビ、車エビでなくてブラックタイガーを使ったことにしても、料理が中華のチリソースだったり、テリーヌやグラタンにしたらエビの味の違いがわかるはずがない。問題が発覚するまで、「これは表示のエビと違う」とクレームを付けた客がいたとは思えない。それをいいことに食材をけちった儲け主義の店の責任は問われるべきとして、喜んで食べていた客にも自己責任があるということなのだ。

なのに、代金の返却を要求するのはいかがなものか。ほとんどの店はレシートやクレジットカードの履歴などで確認できれば返金に応じるとのことだが、阪急阪神ホテルズでは騒動の発端になった企業だけに、レシートがなくとも返金する場合もあると公表した。すると、系列ホテルには返金を求める人の行列ができたという。不心得者が大勢いたのだ。

　アメリカの飲食店へ行くと、日本のサービス業がいかに優れているかを実感する。向こうには無愛想な店員が大勢いた。待遇に不満でもあるのか、やる気のない態度でダラダラと仕事をしている。それに比べたら日本の店員はほとんど対応が丁寧で親切、外国人観光客にも愛想が良い。誤表示したホテルやレストランの従業員もきっとサービスに努めているはず。だから食材の誤表示くらい大目に見てやろうではないか。己の味覚を棚に上げ、「だまされた」の「けしからん」の「金返せ！」だのとわめくのは野暮というものだ。

　私の身近な落語界にも似た話がある。桃月庵白酒という落語家がまくらで上手いことを言っていた。〇〇名人会とあっても名人が一人も出ていない会がほとんどなので、落語会も偉そうなことは言えないと。確かに、全国各地で開かれる〇〇名人会と銘打つ演芸会に名人が出ていなくても怒る客はいない。ましてや「金返せ！」などと言うわけがない。野暮な行為と知っているからだ。食材の誤表示よりもっと大きな社会問題があるのだから、早く忘れてやろう。

最後に、アメリカで感じたのはアメリカ人には信仰する神以外に敬うものが存在しないということ。日本には皇室があり、誰からも敬われる天皇陛下がおわします。外国へ行くと自国の良いところがわかると言うが、私が日本の良さとして再確認したのは、食べ物とサービスと皇室の存在であった。

ところが、その陛下に書状を直に手渡す無礼者がいた。江戸時代、お上に直訴した武士は切腹覚悟であった。民主主義の時代だから命まで取るとは言わないが、山本太郎は議員にとって切腹に当たる辞職という形で責任を取るべきである。


海外旅行をすると日本人の良さがわかるというが本当だった。食事とサービスの質、治安の良さ、銃社会ではないことなど、日本のほうがずっと勝(まさ)っている。アメリカ旅行の話をとっかかりにして食材の偽装、誤表示問題を取り上げた。中国からの輸入品でなければ、食材に関してうるさく言うことはない。要は美味しければいいのだ。

店主が食材にこだわる創作料理の店では、店主が「これは○○産です」とのたまい、「塩で召し上がってください」などと指図する。こだわっているわりには凝り過ぎた味つけで、たいして美味しくもない。この手の店主といえば、たいてい作務衣を着て、髭を生やし、長髪でポニーテールにしている。

食材にこだわらなくても調理が上手ければ美味しく食べられるものだ。産地の偽装とか誤表示など気にすることはない。例外は中国産を国産と偽ること。それ以外なら黙って見過ごそう。場合によっては毒舌を封印するのも作法です。

最終章

今こそ真の毒舌が求められる

これぞ「毒舌の典型」と誇れるマイベスト4

最終章では四半世紀の間に書いた数え切れない辛口エッセイの中から、これぞ「毒舌の典型」といえるものを掲載する。1本目は初めて『週刊文春』の「天下の〝暴論〟」という特集に寄稿したものだ。どんな暴論を書いたらいいか熟慮した結果、原発問題を取り上げた。27年前に原発を茶化していることに注目されたし。

原発で「高騰地価」を吹っ飛ばせ

週刊文春／1990年8月30日号

地価は絶対に下がらない。

下がるわけがない。地価が下がると困る企業や資産家たちが政府自民党を支持しているのだから、下げたら次の選挙に響く。もし下がりそうになったら必死になって阻止するだろう。政治屋というのはそういった類の職業である。

そこで、地価を下げる窮余の一策を提案する。都心に原子力発電所とゴミ処理場を作ることだ。

原子力とゴミは住民に嫌われている。しかし、自分たちが使う電気は自分の所で作るのが望ましく、自分たちが出したゴミは自分の所で処理するのが道理というもの。遠くの土地に建設される時は反対しないくせに、自分たちの近くにできるとなるとたんに反対するのは住民エゴだ。

原発の安全性などは問題ではない。むしろいつ事故が起きるかわからない危険性をはらんでいるからこそ地価が下がる。

建設候補地であるが、これは旧国鉄用地と国有地が適当であろう。たとえば汐留の貨物駅跡地。銀座、新橋とは目と鼻の先だから立地条件は最高だ。

原発とゴミ焼却場の両方を作ってほしい場所がある。現在建設中の都庁庁舎の側にある新宿中央公園だ。それも都知事の部屋から見える位置に作る。さすれば、ふんだんに使った知事専用フロアーの大理石が墓石に、焼却場の煙が火葬の煙に思え、驕り高ぶった都知事も世の無常を知るだろう。

代々木公園に作ると、渋谷、原宿、六本木、青山、赤坂など盛り場の電力消費がいっぺんにまかなえる。近くの歩行者天国で演奏しているバンドはよりパワーアップし、ディスコで踊る若者たちの姿は亡者の戯れにも見え、愉快千万である。

関西地区は現在開催中の花博会場跡地に作ったらいかがか。緑をそのまま残せば、「核と緑の発電所」と呼ばれ新名所となろう。

関西新空港の敷地内もいい。原発で機能する空港こそ、二十一世紀の国際空港にふさわしく、ハイジャック犯も近寄らない。

原発、ゴミ処理場の難点は、異様な建築物なので街の美観をそこねることにある。そこで新進建築家に設計させ、今話題のニュー建築とやらにしたらどうか。原子炉のてっぺんに、巨大なウンコみたいな飾りを付けるもよし。ツインタワー風にゴミ焼却炉の煙突を並べるのもまたよし。

原発は潜水艦の中に設置できるのだから、小型の原子炉ならビルの中に設置するのも可能である。ターミナル駅には必ず一台設置するといい。ターミナル駅を原発駅ビルにすると、関所代わりになって田舎者が東京に入るのを堰止められる。

これだけ盛り場に原発を作り、同時に高級住宅地といわれる地域にゴミ処理場を作れば、都内の地価は必ず暴落する。多分、十分の一以下になるはず。庭付きの一軒家や億ションが二、三千万で買えるなら、喜んで原発の側に住むという「マイホームの決死隊」も多いのではなかろうか。

つまり、庶民の住宅難はそこまでせっぱ詰まっており、怒りを感じているのだ。どうしても原発やゴミ処理場の近くに住むのは嫌だという方は、家やマンションを叩き売って地方へ移っていただくしかない。

そうすれば、人口が激減して住みやすくなる。一極集中がなくなる。移り住んだ人たちによって地方が発展する。まさにいいことずくめではないか。

おまけに電気料金は馬鹿安となる。調理や風呂が全部電気で足りれば、ガスを使わずにすむ。ガスを使わなくなると東京ガスがつぶれる。

公共企業の経営者を世襲にしたいやしくもおぞましい安西一族が没落する。想像するだけで楽しい。

私は東京が好きだから、原発ができようが放射能が漏れようが東京を離れるつもりはない。万一、原発事故が起こっても、死ぬ時はみんないっしょではないか。

政府は己の無策で地価高騰に及んだのだから、議員や役人を道連れにしてやる。

従って、今話題になっている国会を含めた首都機能の移転などは絶対許さん。

とは言え、我々下々の者は東京と心中してもいいが、皇室だけにはもしものことがあってはならない。それでなくても、こんなスモッグだらけで環境の悪い東京に、やんごとなき方々を住まわすこと自体が間違っている。

極左分子のテロ、ゲリラ戦に対する警備面から見ても危険な場所だ。

そこで皇室の方々には、環境のよい京都か奈良に移っていただこう。

そして皇居の広大な跡地に、都内最大の原発基地を作るのである。

原発問題は東日本大震災以後、国民の注目度が高く、原発廃止や再稼働反対の機運が

盛り上がってきた。今、このエッセイを原発のある地域の住人が読んだら、賛同してくれる人もいるのではなかろうか。「ディスコ（今ならクラブ）で踊る若者たちの姿は亡者の戯れにも見え、愉快千万である」は読み返して、つい笑ってしまった。

都内の一等地に原発とゴミ処理場を作ってほしいという考えは今でも変わらない。特に都庁舎の側の新宿中央公園に原発を作れば、これまで他人事と捉えていた都民は考え方が変わるはずだ。自分たちは使い放題電力を消費していて、安全な所でのうのうとしているのは**不遜**であろう。一等地に原発を作れば地価とマンションの売値が下がるので、銀行から借金せずに持ち家が買える人が増える。放射能を恐れないという条件付きだが、私はちっとも怖くないので東京に住み続ける。

ヤクザは本業に精を出せ

週刊文春／1991年8月29日号

最近、ヤクザが経済犯罪に関係するケースが多くなった。まともな会社のようで、実は暴力団が経営している「企業舎弟」という言葉もよく聞く。

企業舎弟の職種は多岐にわたり、金融業はもちろんのこと、ゴルフ場開発、霊園開発、マンション分譲会社、飲食店、貸しビル、スーパーまでやっているとか。また、証券会社や銀行との癒着は報道されている通りである。

ヤクザが電車に乗って通勤し、営業に回り月給やボーナスをもらい、有給休暇を取る。当然組合もあるだろう。組関係の人間が組合とはちゃんちゃらおかしい。待遇改善のストライキでもやるのだろうか。

取り締まりが強化される暴力団新法に備えて、組織はできるだけ一般企業に、構成員はできるだけ一般人になりすまそうという魂胆である。

そこで東京のヤクザは、いかにヤクザに見られないようにするか気を使うという。幹部のパンチパーマや指詰めを禁止した組もある。スーツはグレーか紺、車もベンツは避けて国産車にするなど、ヤクザのヤクザ離れが目立つらしいが、冗談ではない。ヤクザがヤクザらしさを失ってどうするのか。

ヤクザの本分は非合法な手段で金を稼ぐことである。それを合法的に金儲けするのは任侠道に背く行為だ。世間の裏街道を歩く渡世人が堅気の商売に手を出して恥ずかしいとは思わないのか。

普段は堅気面していて、なにかトラブルがあると、とたんにヤクザの顔を見せるのは卑怯である。

作家とヤクザ、芸人は同類と思い、ヤクザに対して親近感こそ抱かぬまでも仲間意識を感じていた私としては嘆かわしい限りだ。

非合法な稼ぎの中で、最もヤクザの美学があるのは賭博である。博奕(ばくち)を打ち、また打たせることがヤクザの本業。ヤクザは盆蓙(ボン)の垢(あか)をなめて一人前になるとも言われる。

従って、競馬、競輪、競艇、オートレースなどの公営ギャンブルはヤクザの縄張りを侵していることになる。中央競馬会などは法外な寺銭を取って、ヤクザの賭場よりタチが悪い。それを国が認めているのだから、ヤクザが仕切っているサイコロ博奕、アングラカジノ、野球賭博くらいは警察も大目に見てやるがいい。

その代わりヤクザも財テクしたり、証券会社と組んで株の買い占めなんかするなよな。金を殖やしたけりゃ、ラスベガスへでも行って一発勝負をしてこい。浜田幸一を見習え。

そんな度胸も根性もないから、山口組が東京に進出したって、指をくわえて見ているのだ。縄張りを侵されて黙っているヤクザがいるか。本当なら血の雨が降るところである。暴力を使って戦ってこそ暴力団であろう。それをヤクザ離れとはなにごとか。

ヤクザにはヤクザにふさわしいスタイルがある。髪型はパンチパーマかスポーツ刈り、スーツは派手な色のダブルで襟には組の代紋のバッジを付け、靴とベルトはヘビ、トカゲなど爬虫類もの。指には金のかまぼこ型指輪をはめ、小指は第一関節か第二関節くらい詰めてあるほうがわかりやすい。

ヤクザの間でゴルフが流行っているが、小指がないとスライスするというから、スライスボールに注意すればヤクザとの遭遇を避けられる。

彫り物も必ず入れるようにして欲しい。色とりどりの彫り物を彫って、町を歩く時はそれを誇示するようにガニ股で歩く。それでこそヤクザである。

ヤクザが髪を七三に分け、紺のスーツを着て妙に腰が低くなったら、その存在価値が失われよう。住の字のバッジだけでは、住吉会の組員だか住友銀行の行員だか判別できなくなる。熊谷組と言っても、建設会社だかヤクザだかわからなくなる。それでは堅気の人たちが困るのだ。

風貌にしても、本職より自民党の代議士、朝日、読売の新聞勧誘員、中日ドラゴンズベンチ、中高校の体育教師のほうがずっとヤクザっぽい。それに、以前からヤクザと区別がつかない捜査四課のマル暴刑事のほうがヤクザらしくてはまずい。

その点、関西の極道はヤクザのスタイルをかたくなに守っており、いかにも「ヤクザだ！」といった風貌の者が多いため、すぐにわかって堅気の者が対処しやすい。

東京のヤクザはヤクザ離れなどと言ってるから、犯罪の悪質さで証券会社、銀行、商社、宗教団体などに負けるのだ。

NTTなどはダイヤルQ^2のエロテープであくどく金儲けしている。エロテープ作りはヤクザの商売だろうが。あくどさで素人に負けてどうする。

ヤクザよ、姿勢を正せ。

もっとしゃんとせいっ！

あんた、いいこと書いてくれたね

先日、大阪へ出かけたら、通天閣近辺でダボシャツに雪駄履き、二の腕に彫り物がある、誰が見ても極道という男とすれ違った。見事なほどのヤクザ振りに嬉しくなって思わず振り返り、ガニ股で歩く後ろ姿を眺めてしまった。東京のヤクザもその筋の人とわかる風体をしてほしいと改めて思った次第。

　このエッセイが掲載された後、その筋の人と付き合いがあるルポライターを介して、某広域暴力団○○会○○組の組長が私に会いたいと申し入れがあった。「まずいことを書いちゃったかな」と思ったら反対で、「実にいいことを書いてくれたと喜んでて、吉川さんにぜひ会いたいと言っている」とのことだった。「愛読者なら喜んで会うよ」と承知した。私の暴論に賛同してくれた愛読者が会いたいと言うなら、招待を受けるのが作法である。例えそれがヤクザであってもだ。被害にあったことがないからだろうが、作家、芸人はヤクザと同じ浮き草稼業だと認識している。

　後日、新宿のステーキハウスの個室に招かれ、組長と側近の若頭、紹介してくれたルポライターの４人で会食をした。

「あんた、いいこと書いてくれたね」

　組長さんからお褒めの言葉をいただき、松坂牛のステーキをたらふくご馳走になった。裏社会の裏話を伺い、任侠小説を書く際、大いに役立った。ただ、あんまり気に入られて、その後も付き合わねばならないのも鬱陶しいので、適当に切り上げて難を逃れた次第である。

松田聖子を斬る

次は、すでに廃刊になった『UNO!』(朝日新聞社刊)という月刊誌に掲載されたもの。初めて女性誌から「松田聖子を斬ってください」と依頼された。『UNO』だから、卯之さん、という人物を登場させ、落語のご隠居さんと八っつぁんのやり取りのように話を進めた。落語好きの物書きがよく使うパターンだが、下手すると落語っぽいだけの駄文になってしまう。そこに気を配って書いた。

床上手の花魁が、所帯持っちゃだめだ

UNO!/1997年4月号

松田聖子という女がどういう女なのか、私にはさっぱりわからない。そういう時

は、人を見るのに長けた年寄りに意見を聞くのがいい。
私が「卯之さん」と呼ぶ指物師、島田卯之吉さんは今年喜寿（77）になるが、いまだに現役の職人さんである。若いころ、さんざん女道楽をしたので女鑑定師ともいうべき鑑定眼を持っており、しかも毎日仕事をしながらワイドショーを見ているから、私より芸能ニュースにくわしい。

　さっそく下谷万年町の長屋に卯之さんを訪ねた。

私「松田聖子って女をどう思います？」
卯「ありゃァおめえ、床上手の女郎よ」
私「いきなり決めつけますね。床上手の女郎というのは、今で言うベッドテクニックが上手な風俗嬢ですね」
卯「近ごろの淫売といっしょくたにするなって。昔の女郎には情緒があった。聖子はその中でも最高の花魁、松の位の太夫職だな。太夫と呼ばれる花魁は歌舞音曲ができて、茶道と生け花をたしなみ、和歌も詠む。客の気を引く手紙を書くために習字をするから筆も立つ。聖子がマスコミにファクスで送った手紙を見たか。実にきれいな楷書だろうが。やっぱし花魁なんだよ。娘の沙也加ちゃんといっしょにいる姿なんざ、禿（花魁見習の幼女）を引き連れて練り歩く花魁道中みたいだもの」

私「（笑）。沙也加ちゃんが禿とは気がつかなかった。聖子花魁説には賛同しますが、床上手というのはどうしてわかるんですか？」

卯「そりゃわかるさ。あの顔、あの体つき、くねくねした仕草、昔、俺が入れ揚げた女郎にそっくりなんだ。洲崎の遊廓の小紫といったが、その女がたいへんな床上手ですごい術を使う」

私「〝術〟とは凄い」

卯「さすがの俺もヒーヒー言わされた。聖子もそういう術を使うと俺は見たけどな」

私「床上手の花魁が結婚しちゃいけなかったのかなあ」

卯「やはり野に置けレンゲソウって言うだろう。ああいう女が所帯を持っちゃだめだ。一人の男に満足できるわけがねえ」
私「亭主の体が持たない？」
卯「いや、女のほうが飽きるのよ。一人の男じゃ、せっかくの術も宝の持ちぐされ。床での術は大勢の男のために使うべきもんだ」
私「そう言えば、聖子の愛人だったジェフというアメリカ人が、週刊誌に『離婚の原因は聖子のセックスが強過ぎること』とコメントしてたけど、離婚騒動の本質を突いてたわけだ」
卯「一度でも寝た男なら聖子の術を知ってるから説得力があるな。ジェフも馬鹿にしたもんじゃねえぞ」
私「何かってえとアメリカへ行くのは、男あさりをするためなんですかね」
卯「そこが女心の赤坂見附（浅はかの洒落らしい）だな。誰も世界に進出して欲しいと思ってねえのに行く。床上手ってだけでやっていけるかどうか、考えりゃわかりそうなもんだ。花魁はしょせん日陰の花でな。廓内、つまり日本の芸能界から外へ出ちゃいけねえってことよ」
私「その花魁が日本の女性に人気があるというのはどういうことなのかな。コンサートやディナーショーのチケットがすぐ完売するんですよ」
卯「床上手じゃねえ女たちが、聖子にあやかりてえと思って見に行くんじゃねえか」
私「そうですかねえ……」
卯「聖子が好きという女もいれば、江角マキコや山口智子みてえに、どう見ても床上手とは思えねえ男っぽい芸能人にあこがれる女もいる」
私「離婚騒動はどう思います？」
卯「日本のマスコミはイギリスのマスコミが王室のゴシップを好きに書きまくってるのがうらやましくてしょうがねえのさ。
日本で皇室のゴシップ書いたら、右翼系の団体が黙っちゃいねえから怖くて書けねえ。そこで、芸能人のカップルを王室に見立てるわけだ。
つまり、聖子は疑似ダイアナ妃で神田は疑似チャールズ皇太子てえことになる。郷ひろみ夫婦も貴乃花夫婦も同じことよ。

結婚式やら子供の出産をロイヤルカップルのように扱い、ゴシップが表に出たとたん一斉にたたく。それがマスコミの手口でな」
私「なるほど。聖子は床上手の花魁で、しかも疑似ダイアナ妃、というのが結論ですね」
卯「おい。そういうことを他でしゃべるんじゃねえぞ。笑われるからな」
　卯之さんはそう言ったが、私は書いてしまった。それも卯之さんが絶対読まない女性誌に。卯之さん、ごめんなさい。

　まさに松田聖子という女性の本質を突いていると思う。書かれた当人は、「あたし、そんな女じゃないわ」と怒るだろうが、そんな女だって。
　読者諸兄の会社に聖子みたいな女子社員がいたとしたら、「○○太夫」と彼女の名前を入れて呼んであげてください。

エセ芸人、芸無しタレントが跳梁する現状に苦言を呈する

最後に演芸評論家として書いたエッセイを読んでいただきたい。本物の芸人に対しては敬意を払い愛情を示すが、バラエティ番組で「お笑い芸人」と称するエセ芸人、芸無しタレントが跳梁（ちょうりょう）する現状に苦言を呈することはよくあった。

プロの技量と了見

よむカステラ／２００４年春号

私は演芸評論家でありテレビ批評家でもあるので、毎月平均十本前後の落語会や演芸のライブを観に行く傍ら、毎日のようにテレビで演芸番組やバラエティを観る。批評の「批」とは手へンに比べるだから、手間暇かけて数多く観、データをインプ

ットしておかねば批評できない。

三十年以上も演芸評論を続けている私は、「プロの観客」を自認している。プロは芸人の技量だけでなく、了見さえも見抜く。了見とは、その芸人の心根、価値観、人生観などひっくるめたものである。私から見ると、昨今の若手芸人は了見がよくない。それは、演芸に対する思い入れ、愛情が足らないように思えてならないからだ。

テレビには落語家より漫才、コントなどの「色物芸人」が数多く出演する。ある程度の上演時間を要する落語に比べると、細切れの短いネタでも間に合うことにおいてテレビ向きだからである。彼ら若手は、一芸に秀でた芸人として大成するより、司会もできるバラエティタレント、またはドラマに出られる俳優になりたい者がほとんどだ。演芸をやっているのは世に出る手段であって、「腰掛け」程度にしか考えていない。ドライと言えばドライだが、演芸をなめているような気がして感心しない。

また、修業期間が長い落語家と比べて、色物芸人は世に出るのが早い。ふた昔前は漫才もコントもベテランの師匠に弟子入りして修業をしたものだが、近年は勝手にコンビを組み、演芸プロダクションに所属してテレビのオーディション番組に出る若手がほとんど。修業をしていないから演芸に対する愛情も執着もない。簡単に捨ててバラエティやドラマに転向してしまう。ウッチャンナンチャン、ネプチューン、ナインティナインなどがそうで、彼らはもともとコントや漫才をやっていたのだが、最近はネタを演じていない。せいぜいがスタッフだけに受ける程度のレベルのスタジオコントしかできない。キャラクターで売っているだけである。

たとえ「腰掛け」であろうが、一応芸があって面白いネタを見せてくれる若手はましなほうで、取り立てて優れた芸もないのに、なぜかテレビに出続けている「芸無しタレント」こそ問題である。所属するプロダクションが大手で力がある、人付き合いが良いのでテレビ局員に気に入られている、大物タレントの子分となって親分といっしょに出ている、そんな理由でテレビに出続ける寄生虫のようなタレントが増殖してきた。この連中はひたすらテンションが高く、騒がしく、うっとうしい。

使い古された洒落であるが、まさに芸ノー人（芸が無い人）。

　プロスポーツ選手が現役引退後、タレントに転向するのも悪しき傾向である。選手としてテレビに出るうち、自分はタレントの才能もあると勘違いして、本当になってしまう例が多い。ちょっとばかりおしゃべりが達者だからといって、それはしょせん素人芸のレベルで、プロになられては客（視聴者）が迷惑する。中には、たいした美人でもないのに「女優になりたい」と公言して失笑を買った元水泳選手もいた。それでも、彼女は現在放送中のＮＨＫの連続テレビ小説に女優として出ているらしい。現在のテレビ界は素人全盛時代で、俳優を目指して演技の勉強をしている芝居一筋の若者が可哀想だ。

　素人同然のにわかタレントを使うテレビ局もいけない。話題性があって視聴率の足しになれば、非常識も不見識もない。なりふりかまわずという姿勢がテレビをつまらないものにしている。

　芸無しタレントは羞じらいというものがないから、どんな番組にも出る。毎年正月に放送される『新春かくし芸大会』は、その昔、ハナ肇とクレイジーキャッツら芸のあるタレントが大勢出て、それは楽しい番組だった。しかし、この数年は、表芸が何なのかわからないタレントばかり出るので、「芸が無いのにかくし芸もないもんだ」と呆れてしまう。

さらに不愉快なのは、若いタレントがかくし芸を一生懸命練習したのを前面に出して、本番でうまくいくと、必ず涙を浮かべることだ。プロというのは、難しい芸を涼しい顔でいとも簡単にやってのける技能がなくてはいけない。その技能を取得するのに、どれほど苦労したかをとくとくと語ったり涙を流すなど、プロとしてあるまじき行為といえよう。ましてや、かくし芸を一生懸命練習したと言って泣くバカもいない。

演芸を愛していないお笑いタレントと比べると、古典芸能を継承する落語家は皆、落語を愛しているのだろうと思われているが、近年はそれも怪しくなってきた。就職難ということもあって、「落語家にでもなってみるか」というフリーター感覚で入門したのでは、と疑ってしまうような連中が多い。弟子を採る師匠のほうも、「後進の育成」とか「落語界の人材確保」のためとは大義名分で、その実は、「自分の芸を肯定する者を身近に置いておきたい」とか「所属する芸人団体内における勢力拡大」といった極めて私的な理由で弟子を増やす。だからこの数年、有望な若手が輩出しない。実に嘆かわしい。

師匠の技能を弟子が受け継ぐのは、今や演芸の世界より食の世界、料理人のほうが顕著である。一流の料理店は美味しい料理を出すだけでなく、弟子を育て、その弟子が独立して新しい店を開く。彼らの師弟愛はうるわしく、弟子は技能を教えてくれた師匠に対して敬愛の念を忘れない。その念は落語家の弟子よりも強い。だからこそ、食べる者の心を打つような美味しい料理が作れるのだろう。

観る者の心を打つ芸を持たない若手芸人が増えたのは、技能だけでなく、心がけの問題のような気がする。

全否定する場合は、「あいつは了見が良くない」と言おう

『よむカステラ』とはどんな雑誌かとお思いでしょう。これは長崎市にあるカステラ屋さんが出している小冊子で、原稿料の他に謝礼としてカステラを送ってくれるというので、甘党の私は二つ返事で引き受けた。

書いてから13年経つのに、テレビの現状はまったく変わっていない。さすがに、正月番組の『かくし芸大会』はなくなったが、バラエティには毎日どこかの番組に腰かけ芸人どもが出ているようだ。地上波は見ないのでテレビ欄からの情報と関係者からの伝聞に過ぎないが。彼らには「一人前の芸人になるんだ」という強い覚悟と高い志がまったく窺(うかが)われない。そういう連中は早く消えてほしいと願っている。

落語界の現状にも憂慮している。甘い考えで弟子入りする若者と安易に弟子を取る不見識な落語家が多いからだ。現在、落語家の数は東京で560人、大阪で250人、東西合わせて800人を超すほど膨れ上がってしまった。弟子を取り過ぎた結果である。弟子入りした者の中には、以前に漫才やコントをやっていたお笑い芸人崩れがいる。相

方とコンビ別れしたので落語家になった連中で、「落語家はネタを作らなくていいから楽」とほざいているとか。確かに漫才、コントは自分たちでネタを作らなくてはいけないが、落語家は古典だけやっていれば作らずに済む。しかし、安直な考えで落語家になって大成するわけがない。そいつらに言ってやりたい。「一度入門すればそう簡単に破門にならないけど、生涯鳴かず飛ばずという、売れない地獄が待ってるぞ」。

タイトルにある**「了見」**という言葉は、毒舌をふるう際によく使う。談志師匠がよく使っていたので影響され、本書の中でもよく使った。**「あいつは了見が良くない」**と言えば、人格、価値観、人生観などをひっくるめて全否定すると捉えていただきたい。皆さんもぜひ使ってください。

今、真の毒舌が求められる理由

インターネットやスマホで他人を批判、誹謗中傷するのに匿名またはハンドルネームを使うのは**卑劣極まる。**それが学校内や職場でいじめの手段として使われるに至っては、何をかいわんやだ。ネット上で卑劣な行為が横行している世の中だからこそ、実名で記す毒舌文、コメントが求められる。

また、ワイドショーに出ている元新聞記者、元官僚、大学教授、弁護士、医者、うさん臭い評論家などのコメンテーターにまったく毒がない。一見厳しいコメントのように聞こえても、実は毒にも薬にもならない内容がほとんどだ。それをもっともらしい顔でとうとうと述べる連中に比べたら、『ひるおび！』（ＴＢＳ）のレギュラーコメンテーターを務める立川志らくのほうがまだましであろう。談志師匠の薫陶を受けているから毒があり、センセイ方より気の利いたコメントを述べているはずだ。番組を見たことないので断言できないが。

今私が一番関心を持っているのは過労死の問題だ。将来ある若者たち、妻子ある働き盛りの男たちが長時間の残業と上司のパワハラによって心を病み、自ら命を絶ってしまう悲しい事件が相次いでいる。前述した通り、強い立場の上司による弱い立場の部下に対するパワハラ発言は毒舌ではない。自殺した電通の女性社員の場合、自殺に追い込むほどの上司の言葉は凶器であり、よって過労死は他殺と認識すべきであろう。社長が責任を取って辞任を発表したが、それで済ませていいものか。女性社員の上司を殺人容疑で取り調べるべきだ。ブラック企業などという呼び方は生温い。正社員、非正規労働者を過労死させた会社は「人殺し」と呼ぼう。そして、皆で叫ぼう。「電通は人殺し、人殺しは電通」と。

なんてことは、電通がテレビ業界とつながっている以上、ニュースキャスターやコメンテーターは絶対言えないだろう。

あとがき

私が毒舌エッセイを書き続けたのは性分にも依る。まず第一に、好き嫌いがはっきりしていること。ターゲットにしたのは心から嫌っている人物だけで、「この人を斬ってください」と依頼されても、私が嫌いでなければ断った。だからこそ舌鋒が鈍らずに、相手を突き刺すような文が書けた。また、権力に逆らいたがる性分なので、お偉いさんや大企業に噛みついたのだ。長年続けられたのは、「一貫してぶれない姿勢」を保てたからだと思う。友人に、「お前は可愛げがないほどぶれないな」と言われたくらいである。

毒舌をふるったせいで嫌われ、恨みを買っても、罰が当たることはなかった。災厄に見舞われたことはないし、家族全員一度も大病をしたことがない。なんでも話せる親友がいて、芸人の友人が大勢いる。息子たちとも仲が良い。大切な人たちに好かれていれば、他のどうでもいい連中に嫌われたって気にならない。もともと肌が合わないか、何か含むところがあるから嫌うのだ。そんな連中と付き合うのはこちらから願い下げである。

読者諸兄もそういった気の持ちようでいると、思ったことを人前で言えるようになる。言いたいことがあったら言葉にすること。我慢しているとストレスが溜まって心身を壊してしまう。あなたが普段温厚だとしたら、「堪忍袋の緒が切れた」とばかり毒舌をふるえば、誰もが耳を傾けるに違いない。

『正論』の連載が終了してから丸3年、長編の書き下ろし小説と演芸関係のエッセイしか書いておらず、毒舌は封印していた。今回本書を刊行するにあたり、昔の作品を読み直すうち、再び毒のあるエッセイを書きたくなった。私は来年70歳になる。40代の頃、「我々の世代の代表として大いに毒舌をふるっていただきたい」という励ましのお便りを70歳の方からいただいた私がその歳になるのだ。気力体力があるうちに、これまで以上の毒舌をふるえたらと思う。

読者の皆様も作法を守って、大いに毒舌をふるっていただきたい。

２０１７年２月

吉川　潮

毒舌の作法

あなたの〝武器〟となる話し方&書き方、教えます

著者 吉川 潮

2017年2月25日 初版発行

吉川 潮(よしかわ・うしお)
1948年生まれ。大学卒業後、放送作家、ルポライターを経て演芸評論家に。'80年、小説家としてデビュー。芸人や役者の一代記のみではなく数々の辛口エッセイで世間を騒がせる。著書は『江戸前の男〜春風亭柳朝一代記』(新田次郎文学賞受賞)、『流行歌西條八十物語』(大衆文学研究賞受賞)、顧問を務めた立川流の家元、立川談志を描いた『談志歳時記』(3作共に新潮社)、島敏光との共著『爺の暇つぶし』(ワニ・プラス)など多数。

発行者 佐藤俊彦
発行所 株式会社ワニ・プラス
〒150-8482
東京都渋谷区恵比寿4-4-9 えびす大黒ビル7F
電話 03-5449-2171(編集)
発売元 株式会社ワニブックス
〒150-8482
東京都渋谷区恵比寿4-4-9 えびす大黒ビル
電話 03-5449-2711(代表)

装丁 橘田浩志(アティック)
柏原宗績
編集協力 原田英子
DTP 小田光美(オフィスメイプル)
印刷・製本所 大日本印刷株式会社

ISBN 978-4-8470-6108-0
ワニブックスHP https://www.wani.co.jp